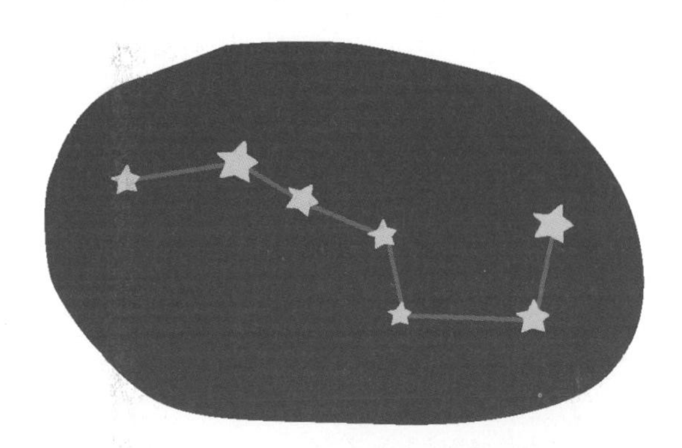

문경공 명상에세이

내 마음,
내 마음대로

도서출판 청어

내 마음, 내 마음대로

문경공 지음

발행처 · 도서출판 청어
발행인 · 이영철
영 업 · 이동호
홍 보 · 최윤영
기 획 · 천성래 | 이용희
편 집 · 방세화 | 이서윤
디자인 · 김바라 | 서경아
제작부장 · 공병한
인 쇄 · 두리터

등 록 · 1999년 5월 3일
(제321-3210000251001999000063호)

1판 1쇄 발행 · 2014년 6월 20일
1판 2쇄 발행 · 2014년 7월 20일

주소 · 서울특별시 서초구 효령로55길 45-8
대표전화 · 586-0477
팩시밀리 · 586-0478

홈페이지 · www.chungeobook.com
E-mail · ppi20@hanmail.net
ISBN · 979-11-85482-40-8 (03810)

이 도서의 국립중앙도서관 출판시도서목록(CIP)은 서지정보유통지원시스템 홈페이지(http://seoji.nl.go.kr)와 국가자료공동목록시스템(http://www.nl.go.kr/kolisnet)에서 이용하실 수 있습니다.(CIP제어번호: CIP2014017258)

내 마음,
내 마음대로

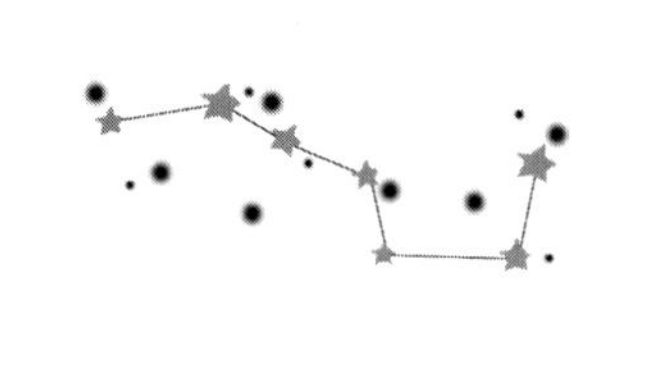

나는 온 우주에

단 하나밖에 없는 귀함입니다.

내가 있습니다

세상에서 가장 어리석은 말이 마음을 비우라는 말입니다.
추상적인 금욕을 제시하는 이 말은 잘못된 것입니다.
나에게서 일어나는 욕심, 욕구, 욕망에는 아무런 문제가 없습니다.
이러한 것들은 마차를 끄는 말과 같은 것입니다.

나는 누구일까요?
나는 말을 다루는 마부입니다.
말을 지휘하고, 말을 인솔하는 나는, 말의 주인인 것입니다.
말이 마차를 몰고 가는 것이 아니라, 내가 말을 몰아 마차가 가는 것입니다.

근심과 걱정, 분노와 증오가 있나요?

아무런 문제가 없습니다.
근심이 있으면 감싸주고,
걱정이 있으면 격려해주고,
분노가 있으면 진정시켜주고,
증오가 있으면 이해해줄 수 있는 내가 있습니다.

나는 내 마음을 다루고
내 생각을 조종할 수 있는
내 마음의 주인이자, 내 생각의 주인이기 때문입니다.

Contents

1. 생활 속의 지혜

2. 몸에 대한 이해

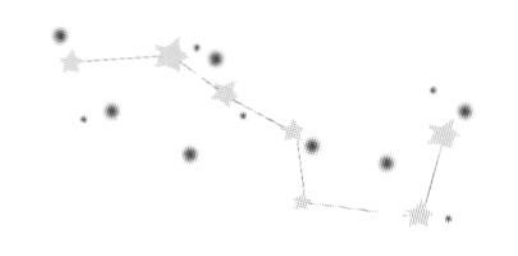

3. 진정한 사랑

4. 일상에서 마음 다스리기

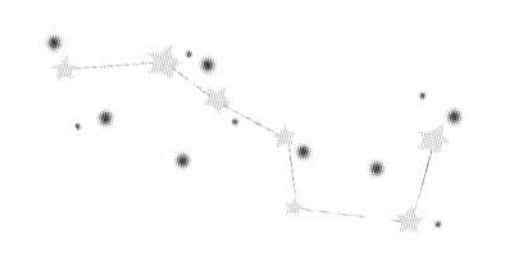

5. 삶의 의미

6. 삶과 죽음 그리고 신비

7. 우화 속의 일깨움

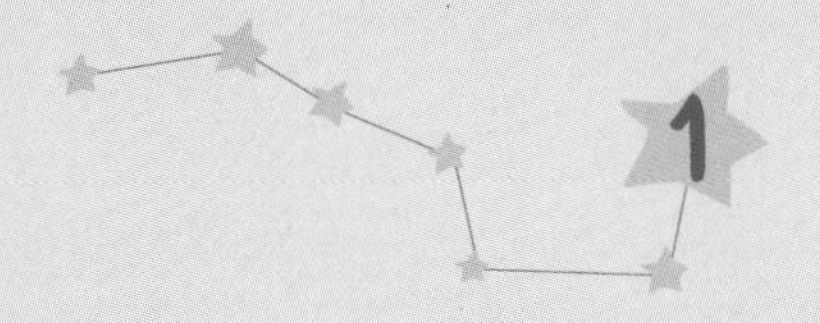

생활 속의 지혜

나는 지금 나에게 사랑을 베푸는 지혜를 배우기 위해 이곳에 온 것입니다.

★ 친구가 미워질 때

친한 친구가 있는데,

이 사람의 다른 모습이 자꾸 보여요.

처음에 보이지 않던 모습이 보일 때는

놀라기도 하고, 체념하기도 하고,

너무 마음이 안 맞을 때는 헤어질까 생각도 해 봅니다.

어떻게 하면 좋을까요?

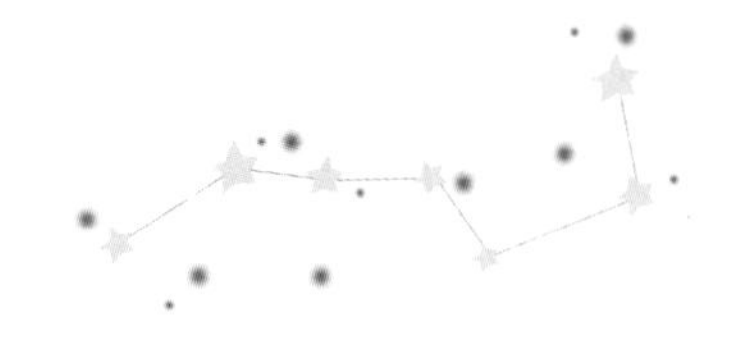

세상에서 가장 쉬운 일은 남에게 변하라고 하는 것입니다.

세상에서 가장 어려운 일은 자기 자신이 변하는 것입니다.

우리는 보통 나 자신의 요구는 남이 쉽게 들어주기를 바라면서,

정작 남이 나에게 하는 요구는 들어주기를 꺼립니다.

그러나 사실 나의 마음 살림에

세상과 남을 끌어들일 필요가 없습니다.

모든 것이 내 몫입니다.

모든 것이 내 것입니다.

모두 내 마음먹기에 달려 있을 뿐

대상에 핑계를 댈 필요가 없습니다.

'나는 가만있는데 항상 상대가 문제를 일으킨다.

내가 문제가 아니라 저 사람이 문제이다.'

타인과의 관계에서 이런 식으로 나의 관점만을 고집하려 한다면

다른 사람과 붙어서 지지고 볶지 말고,

서로 제 갈 길을 가는 것이 좋습니다.

하지만 그 원인을 상대에게 돌리는 것은 어리석은 일입니다.

만일 그렇다면 나는 나의 변화를 포기한 것이기 때문입니다.

철저하게 모든 것을 나의 문제로 인식해야 합니다.

나를 힘들게 하는 친구,

그 친구를 바로 과거의 나라고 생각해 보세요.

과거의 나를 대하듯 그 친구를 이해하고 사랑해 주세요.

과거에 내가 존재하지 않았다면

어떻게 현재의 내가 존재할 수 있겠습니까?

그를 자기 자신 대하듯 하세요.

그를 답답하다고 해서 냉대하는 것은

자기 자신을 학대하는 것과 같아집니다.

학대를 멈추고 과거의 내 모습과 같은

그 친구를 이해하기 위한 노력을 해 보세요.

그 사람도 나의 이러한 포용적인 사랑에 반드시 젖어들 것입니다.

이제 감나무의 비유를 하면서 대답을 마무리하려 합니다.

'아직 익지 않은 감을 떫다고 다 따버리면

이 세상에 단감이 어떻게 존재할 수 있겠는가!'

나를 힘들게 하는 그 친구는 바로 익지 않은 감입니다.

익지 않은 감은 나쁜 게 아닙니다.

아직 떫을 뿐입니다.

★ 부모님과의 갈등

부모 자식 간이라고 해서

무한한 사랑만 존재하지는 않는 것 같아요.

부모님과 계속되는 의견 충돌로 다툼이 생기고

서로를 이해할 수 없어 점점 미워하게만 됩니다.

하지만 한편으론 부모님께 잘해드리지는 못하고

불효한다는 생각에 마음이 무겁습니다.

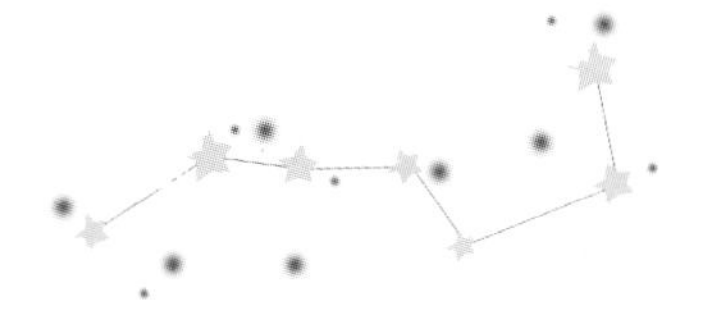

사람을 미워한다는 것은 참 힘든 일입니다.
나에게 정말 나쁜 행동을 한 사람을 미워하는 것도 힘들 텐데
부모님을 미워하는 내 마음은 오죽할까요?

이미 마음에 부모님에 대한 미움이 자리 잡았다면
우선 부모님을 미워하는 나를 미워하지 마세요.
'이것은 효에 어긋나는 마음이야.'
'내가 특별히 나쁜 사람이라 이런 생각을 하는 거야.' 라고 하면서
사실 나는, 부모님을 미워하는 나를 미워하고 있습니다.
그리고 그것이 나를 더욱더 힘들게 합니다.
우선 부모님을 미워하는 나를 더 이상 미워하지 마시고,
아무 조건 없이, 아무 이유 없이 그냥 나를 이해하고 사랑해 주세요.

그런 후에 다음의 명상을 해 보시기 바랍니다.

내가 원하는 자상한 아버지(혹은 어머니)가 못 되셨던 그분.
내가 원하는 책임감 있는 아버지가 못 되셨던 그분.
그리고 아직도
자신의 잘못에 대한 반성의 빛을 조금도 내비치지 않으시는 그분.

자, 이제 지금부터 내가 그 아버지가 됩니다.

그리고 이성적인 아버지로 탈바꿈시킵니다.

내가 아버지가 되어 반성하기 시작합니다.

부인과 자식에 대한 미안함이 들고,

이기적이고 무책임했던 자신이 부끄럽게 느껴집니다.

아버지로서 나에게, 남편으로서 부인에게 사죄합니다.

진심으로 애틋하게 용서를 빕니다.

오랫동안 머리를 조아리고 참회의 눈물을 흘립니다.

이런 아버지를 보며, 나의 마음은 서서히 녹기 시작합니다.

진실로 용서를 비는 아버지가 측은하고 불쌍하게 여겨집니다.

그리고 나는 아버지를 용서하기 시작합니다.

이 명상을

아버지(혹은 어머니)에 대한 앙금이 사라질 때까지 계속해 보세요.

명상을 할 때, 매우 사실적이고 구체적인 상황을 마음속에 그리며

반복해야 합니다.

이 모든 것이 상상 속의 일이지만

내가 가지고 있는 미움 역시

형체도 없는 상상 속에 존재하는 것임을

깊이 생각해 보시기 바랍니다.

미움이라는 말이 있을 뿐입니다.

미움은 바로, 나의 환상입니다.

★ 지혜로운 삶

사회생활을 하다 보면 '줏대가 없다.',

'이래도 좋고 저래도 좋다면

그게 뭐가 좋은 거냐?'는 말을 종종 듣습니다.

지혜로운 처신이란 과연 어떤 것일까요?

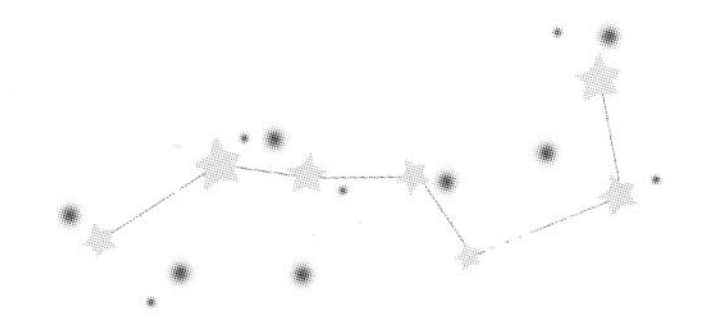

어떤 사람이 가장 지혜로운 사람이며,

어떻게 사는 삶이 가장 지혜로운 삶일까요?

가장 지혜로운 사람은 남이 아닌 자기 자신을 아는 사람입니다.

자기 자신을 알게 되면 자연스레 남에 대해 알 수 있게 되고,

그렇게 되면 상대방을 배려하게 됩니다.

또한 그렇게 남을 배려해 주면 상대방에게서 사랑이 돌아옵니다.

그러므로 가장 중요하고 우선시되는 것은

자기 자신에 대한 확실한 성찰과 이해입니다.

나를 알려면 어떻게 해야 할까요?

나 자신과 허심탄회하게 대화를 나누면 된답니다.

마치 친구와 대화를 나누듯이 나와 대화를 나누어 보세요.

나는 나를 누구라고 생각하는지, 내가 원하는 것은 무엇인지,

나는 왜 그러한 것을 원하는지 솔직 담백하게 물어보세요.

나와 많은 대화를 나누어 보세요.

어떤 문제가 생기거나 장애에 부딪칠 때도 나와 상의해 보세요.

나는 내가 생각하는 것보다도 훨씬 지혜롭습니다.

나와 대화하면 최선의 방법을 찾을 수 있습니다.

'줏대 없다.' 는 말에 대한 의미도 나에게 물어보세요.

내가 분명 그런 행동을 선택한 이유가 있을 것입니다.

그렇게 나를 이해해 보세요.

그리고 나면 선택할 수 있는 힘이 생깁니다.

소위 말하는 줏대 없는 행동을 할 수도 있고,

나의 주장을 펼칠 수도 있겠지요.

무엇이든 나와의 대화를 통해 얻어낸 답변이라면

그것이 가장 지혜로운 처신입니다.

나 자신을 잘 아는

지혜로운 사람이 한 답변이기 때문입니다.

그리고 그렇게 나를 이해한 지혜로운 사람은,

다른 사람도 자연스레 이해하게 된답니다.

★ 다름에서 오는 소외감

왠지 왕따를 당하는 거 같은 기분이 가끔 들어요.

왜 사람들은 자기와 다른 점을 쉽게 받아들이지 못하고,

쉽게 사람을 배척하거나 무시해버리는 것일까요?

그리고는 끼리끼리 모여

똑같은 말투나 행동을 하기를 좋아하죠.

내가 그들에게 잘못한 것이라도 있어서 그러는 걸까요?

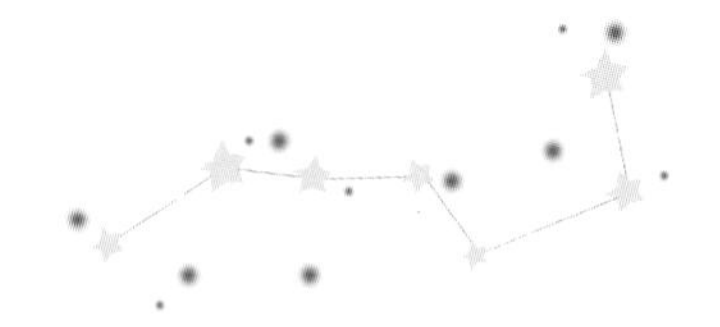

사람이 백 년을 살고 나서, 죽는 순간에 무엇이 남아 있을까요?
오랜 시간의 경험과 세월이
죽는 순간, 그 사람 앞에 어떠한 모습을 하고 있을까요?

아무것도 남는 게 없답니다.
그저 오래 살았다는 하나의 기억뿐입니다.
칠십 년, 팔십 년, 백 년의 세월도
이렇게 한 생각 속에 허망하게 존재하고 있을 뿐이고,
그나마 그 하나의 생각조차 사라지면
백 년의 세월도 꿈결같이 사라져 버립니다.

꿈처럼 허망한 삶은 또 다른 삶의 미련을 낳고,
꿈이 그리워지면 다시 꿈같은 새로운 삶을 선택하고……
이런 식으로 윤회라는 환영의 쳇바퀴는 계속 돌아갑니다.
받아들이기 쉽지 않을 수도 있지만,
나 자신만이
세상에서 따돌림을 받았다는 느낌을 갖고 살아가는 사람이든,
이번 생이 부당하다고 느끼는 사람이든
이 모두가 그들 자신이 원했던 생각들이 펼쳐지는 삶이랍니다.

왕따, 부당함 같은 생각은 너무나 무겁게 느껴지고

나를 힘들게 합니다.

하지만 사실 이런 생각들은 연기와 같이 흩어지는 것들입니다.

잡히지도 않고 잡을 수도 없는 생각과 감정에

큰 의미를 부여하지 마세요.

그 무엇에도 심각하실 필요가 없습니다.

삶의 무게는 그 누군가가 나에게 얹어주는 것이 아닙니다.

본인 자신이 그 무게를 느끼고 그것을 끌어안고 있는 것이지요.

그러한 짐은 결코 세상이 나에게 준 것이 아니었습니다.

내가 오히려 세상에 얹어놓았던 것이지요.

세상에 대한 나의 기대감, 세상에 대한 나의 욕망인 것입니다.

하지만 세상은 이러한 나의 마음을 받아낼 능력이 없답니다.

그래서 그러한 기대감과 욕망이

나에게 다시 짐으로 되돌아온 것이죠.

쓴 약이 몸에 이롭다고 하는 것처럼

나의 쓴 경험은

나의 마음을 강인하게 성장시킬 수 있는 디딤돌이 됩니다.

내가 왕따가 된 기분을 느낄 때,

더할 수 없이 좋은 기회가 나에게 주어진 것이라고 생각해 보세요.

나는 내 앞에 놓인 모든 역경과 곤란을

기회로 전환시킬 수 있는 능력을 가지고 있습니다.

그 속에서 밝은 희망을 가져 보세요.

염세적인 마음은 부정적인 상황을 끌어당기고,

밝은 마음은 즐거운 상황을 만듭니다.

부질없이 스쳐 지나갈 감정, 실체도 없는 생각에

소중한 나의 에너지를 부여하지 마세요.

그런 생각들은 오직 내가 에너지를 부여할 때만

강력한 힘을 발휘할 뿐입니다.

그런 것들에 힘을 실어주어

소중한 나를 괴롭히는 마음의 올가미로 만들지 마세요.

★ 부정적인 나

부정적인 생각이나 나쁜 습관을 버리고 변하고 싶은데,

마음처럼 잘 되지 않아요.

왜 이렇게 마음먹은 대로 실천하기가 어려운 것일까요?

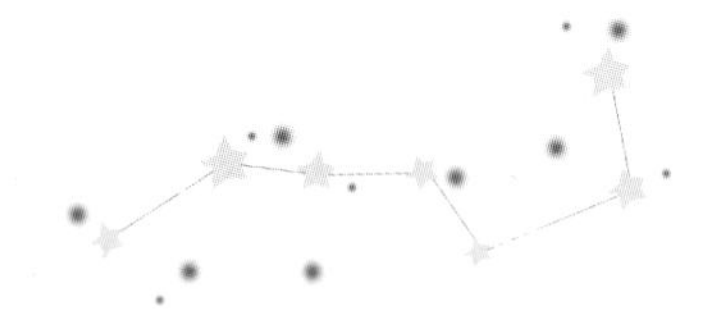

우리는 영화에서 액션 배우들이

달리는 기차나 질주하는 자동차에서 뛰어내리는 장면을

종종 보게 됩니다.

관객들은 스릴 있고 박진감 넘치는 모습에 찬사를 보내지만,

영화가 아닌 실제 상황에서

그러한 행동을 하기는 무척 어려울 것입니다.

절박한 상황이라든지 대단한 용기가 있어야만 가능한 일이겠죠.

마음속에 품어둔 생각을 실행으로 옮기려고 할 때

힘이 드는 이유는

그것이 바로 달리는 기차나 자동차에서 뛰어내리는 상황과

흡사하기 때문이랍니다.

사람들이 쉴 새 없이 만들어내는 생각에도

달리는 차들의 속도에 붙는 관성이 생깁니다.

지속되는 생각은 '스토리의 이어짐' 이라는

관성을 갖게 되는 것이지요.

자기도 모르게 익숙해진 부정적인 생각,

무의식적으로 행하게 되는 나쁜 습관은

이러한 생각의 영향력 아래에 있습니다.

엄청난 관성이 생겨난 것입니다.

어떤 일을 실행하려면 절박함과 의지와 용기가 필요합니다.
그런데 이때, 생각의 저항도 만만치 않을 것입니다.
쉬지 않고 이 생각, 저 생각으로 빠르게 전환할 것이며
내가 원하는 것을 실행할 틈을 주지 않을 것입니다.
내가 행동을 통하여 얻고자 하는 경험을
모두 다 생각의 데이터베이스에서 처리하려고 할 것입니다.
'이걸 실행하면 저렇게 될 거야. 그러니 실행해 보지 않아도 알아.'
라는 예측의 데이터베이스 말입니다.
그러므로 실행으로 옮기기 전,
생각의 속도를 줄이는 것이 필요합니다.
말하자면, 생각의 관성을 최대한 약화시키는 노력이 필요합니다.

명상은 이러한 생각의 관성을 약화시키고,
마침내는 생각의 관성으로부터 벗어날 수 있는 데
큰 도움이 됩니다.
계속해서 생각의 스토리가 진행되는 순간순간
브레이크를 밟아 보세요.

불필요한 스토리의 이어짐을 차단해 보세요.

하나의 스토리를 차단하면 곧바로 생각의 관성에 의해

또 하나의 스토리가 전개될 것입니다.

이때 역시 마찬가지로 스토리의 맥을 끊어 놓으셔야 합니다.

맥을 끊을 수 있느냐 없느냐는 절박함과 의지에 달려 있습니다.

매우 쉽게 될 수도 있고, 또한 매우 어렵게 될 수도 있을 것입니다.

정신과 물질의 법칙은 서로 다르지 않습니다.

물질의 관성은 곧 정신에도 적용된답니다.

자신의 마음을 막연한 사고의 작용이라고 생각하지 마시고,

이러한 생각이 이루어지고 진행되는 과정을

명상을 통해, 과학적인 마음으로 분석해 보시기 바랍니다.

익숙한 것으로부터 변화하기 위해서는 의지가 필요합니다.

부정적인 생각, 나쁜 습관이

강력한 관성을 가지고 있다는 것을 인정하시고,

한 번에 변화하려 하기보다는

차근차근 한 걸음씩 나아가도록 하세요.

어느 순간

놀라울 정도로 변화하고 자유로워진 자기 자신을

발견하게 되실 것입니다.

★ 현실의 벽

'이미 성공한 자신을 이미지로 그려라.' 라고 하는데

성공에 대한 심상화가 잘 되지 않습니다.

자꾸 현실의 벽에 부딪히고 좌절해 버립니다.

새로운 사고가 아닌, 예전의 습관과 과거에 얽매인 생각들에

다시 빨려 들어가게 되는데, 어떻게 하면 좋을까요?

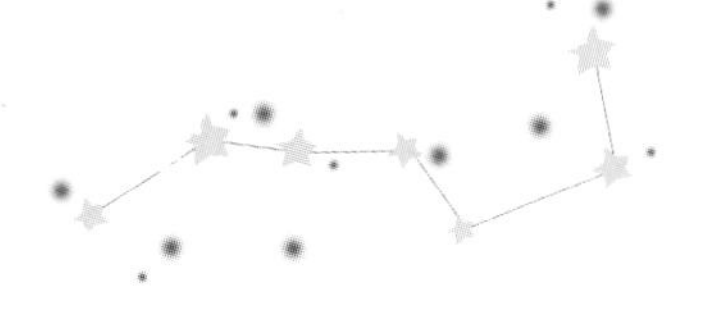

여기 어린 아기가 있습니다.

태어나서 이제 막 기어 다니기 시작한 아기에게

'너는 사람이고 걸을 수 있는 존재이니 걸어 다녀라!' 라고 한다면

어떻게 될까요?

아기가 당장 걷지 못하는 것은 당연한 이치이니

그런 말을 한 사람만 이상한 사람이 됩니다.

혹시 지금 내가 아기를 다그치는 어른처럼 그렇게,

나를 다그치고 있지는 않은지 생각해 보시기 바랍니다.

아기에게는 성장의 시간이 필요합니다.

만약 아기 주변의 어른들이

아기와 똑같이 기어 다니는 모습만 보여준다면

그 아기는 어떻게 될까요?

아마 그 아기는 성장한다 해도 결코 걸어 다닐 수 없을 것입니다.

지금의 우리는 육체적으로는 성장한 어른이지만,

영적인 면에서는

기어 다니는 것과 마찬가지의 상태입니다.

살면서 지금까지 기어 다니는 사람들만을 본 우리들이기에

어른이 된 지금까지도 걷지를 못하고 있는 것입니다.
그러므로 걸음마의 기간이 필요한 것은 너무나 당연합니다.

아기가 아무리 당장 걷고 싶어도
걸을 수 있다는 확신이 있다고 해도
반드시 걸음마의 단계를 거쳐야 하듯이
현실의 벽, 이상에 대한 좌절감, 예전의 습관 등의
부정적인 생각들은
기어 다니던 습성이 만들어 낸 걸음마에 대한 반발로 생각하시고
여기에 주저앉지 마세요.

아직은 아기인 나를 조급하게 독려하는 대신
조금은 여유를 가지고 걸음마를 연습할 시간을 주세요.
아기인 나는 아직 나 자신에 대한 확신이 부족하기 때문에
예전의 습관과 과거에 얽매인 생각들에
다시 빨려 들어가게 되는 것입니다.
이런 생각들을 없애려고 힘을 주지 말고,
생각을 여유롭게 바라보거나 생각들이 그저 지나가도록 내버려두면
생각들은 이내 잠잠해집니다.

명상을 통해 걸음마를 완전히 마스터해 보세요.

나의 꿈에 등장하는 인물과 배경은 모두 나의 것입니다.

내가 감독이고, 스태프이며, 주연이고, 조연이며, 엑스트라입니다.

그 모든 것이 나 자신에 의해 제작된 것입니다.

그것은 나만의 꿈입니다.

나는 등장인물을 마음대로 설정하고,

마음대로 이야기를 꾸며나갈 수 있습니다.

내가 포기하지만 않으면

걸음마가 익숙해지고,

걸음걸이가 자연스러워지고,

어느새 뛰어다니는 날이 올 것입니다.

성공을 원하신다면

성공에 대한 열망, 성공을 향한 심상화를 멈추지 말고 계속하세요.

현실의 벽과 좌절감은

나를 힘들게 할지언정 나를 멈추게 할 수는 없습니다.

오직 내가 멈추어야 멈추는 것입니다.

부디 내가 이 모든 것을 만들어내는 주인임을 인식하시고

멋진 작품을 만드셔서,

다른 사람도 함께 감상할 수 있는 기회를 주시기 바랍니다.

성공이라는 멋진 작품을 함께 감상하고 싶군요.

★ 가슴 뛰는 일

부자가 되는 방법이 있으면 가르쳐 주세요.

돈도 많이 벌면서 재미있게 일하고 싶어요.

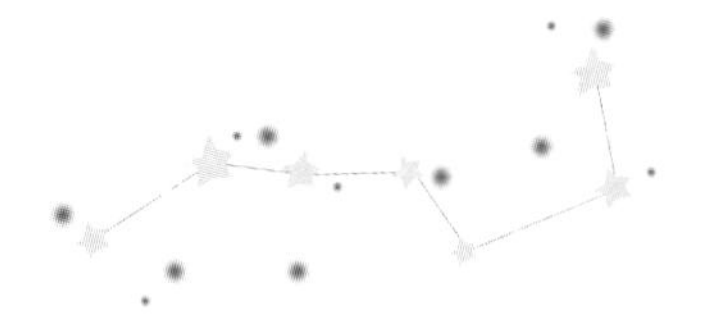

이 세상에서 가장 위대한 사람은 가슴 뛰는 일을 하는 사람입니다.
대부분의 사람들은 가슴이 뛰지 않는 일을 하기 때문에
가슴 뛰지 않는 일들만 벌어지는 것입니다.
똑같은 일들만 되풀이하는 것입니다.

진짜 가슴 뛰는 일을 하면 반드시 그것이 현실로 펼쳐집니다.
'꿈이 없는 사람은 죽은 사람과 마찬가지다.' 라는 말이 있습니다.
'Boys be ambitious.' 라는 말도 있죠.
여기서 '야망' 이라는 것은
자신의 욕구나 욕망을 의미하는 것이 아니라
자기 자신의 가슴이 뛰는 일을 해 보라는 이야기입니다.
얼마나 멋있나요?

모두들 나름대로 가슴 뛰는 일을 하나씩 만들 수 있습니다.
'어떤 일을 하면 가장 가슴이 뛸까?' 를 가만히 한번 살펴보고
그대로 행하면 반드시 현실로 이루어지게 되어 있습니다.

'나는 가슴 뛰는 일이 없어.' 라고 생각해 버리면
내가 나를 포기하는 것이고,

내가 나를 위축시키는 것이고,

내가 나를 닫아버리는 것입니다.

곰곰이 생각해 보세요.

그리고 나의 가슴이 뛰는 일을 만들어 보세요.

그러면 그것이 정말 엄청난 에너지를 불러오고,

결국 무엇이든 할 수 있는 능력을 가져오게 됩니다.

돈을 버는 것이 재미있고, 가슴 뛰는 사람이, 돈도 많이 벌게 됩니다.

자신의 분야에서 그렇게 가슴 뛰게 일을 하면

그 일이 잘 될 수밖에 없습니다.

가슴 뛰는 일을 하고 있으면

저절로 돈이 따라오고 성공이 따라옵니다.

가슴 뛰고 재미있고 신나는 일을 하다 보면

내 안에서 엄청난 에너지와 능력이 발산됩니다.

그래서 좋은 기회가 생기고, 좋은 사람이 도와주고,

좋은 결과가 따라오게 되는 것입니다.

부자가 되고 싶으신가요?

그렇다면 '부자가 되는 일'에 내 가슴이 뛰는지를 잘 살펴보세요.

그리고 어떤 일이 나를 열정적으로 만드는지,

그 열정이 어떻게 나를 부자로 만들어줄지를

스스로 잘 탐구해 보세요.

비법은 이미 알려드렸습니다.

실제로 부자가 될 수 있도록

자신감을 가지고 자기 자신의 열정을 회복해 보세요.

아무리 궁리해 봐도 가슴 뛰는 일이 생각나지 않습니다.
돈벼락이나 제대로 맞으면 혹시……?
이게 억지로 쥐어짜서 되는 일도 아닌 것 같습니다.
혹시 권해주실 만한 방법이 있으신가요?

숨을 한동안 참았다 내쉬어 봐, 그러면 가슴 뛰는 일이 생겨.

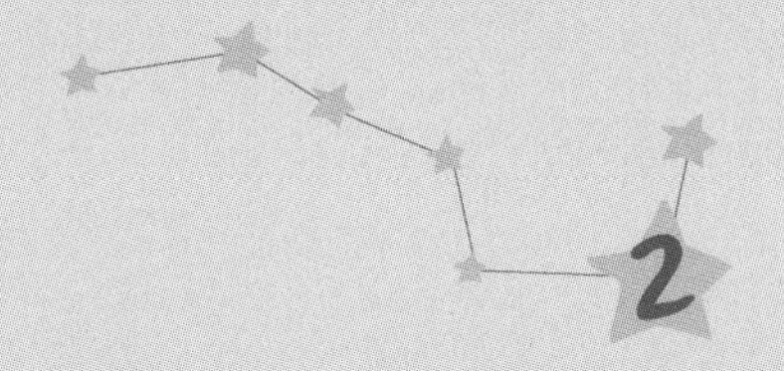

몸에 대한 이해

먹고 싶은 것 못 먹어도 병이 되고, 먹기 싫은 것 억지로 먹어도 병이 되니
병이 생기는 원인은 음식에 있지 아니하고, 나의 마음에 있습니다.

★ 건강에 대한 염려

술과 담배같이 끊기 싫은 것을

끊으라고 해서 스트레스가 됩니다.

흡연자에게는 오히려 담배를 끊으려고 스트레스 받는 것보다

담배를 피우는 것이 정신건강에 좋은 게 아닐까요?

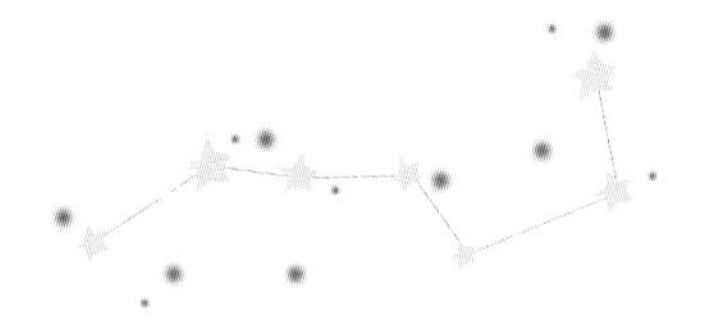

흡연과 금연, 음주와 금주가 나쁘다, 옳다 판단하기 이전에,

나 자신의 건강은

바로 나 자신이 충분히 챙기고 지킬 수 있다는

자신감을 키우는 것이 더욱 중요하지 않을까요?

그 모든 것은 나의 선택에 달려 있습니다.

나의 선택에 나 스스로 자유로우면 되는 것입니다.

나의 스트레스도 내가 일으킨 것입니다.

내가 굳이 담배를 피움으로써

금연의 스트레스를 받지 않겠다고 선택하는 것도

내가 그렇게 마음먹는 것입니다.

내가 어떠한 선택을 하더라도

자신의 몸과 마음을 스스로 돌보고

완전히 건강한 생활을 할 수 있다는 자신감부터

먼저 선택하시기 바랍니다.

정신이 물질을 창조하였듯이 육체도 마음먹기에 달린 것입니다.

정신이 건강할 때 육체도 비로소 건강을 되찾게 되겠지요.

명상은 바로 건강한 정신을 되찾는 데서 시작합니다.

다만, 술보다는 '간'이 더 소중하며,

담배보다는 '폐'가 더 소중하다는 생각은 잊어버리지 않으셨겠죠?

★ 생각 바꿔보기

명상으로 다이어트 하는 방법은 없나요?

저는 물만 마셔도 살이 찌는 체질인 것 같아요.

체질 개선에 도움이 될 만한 명상 방법이 있을까요?

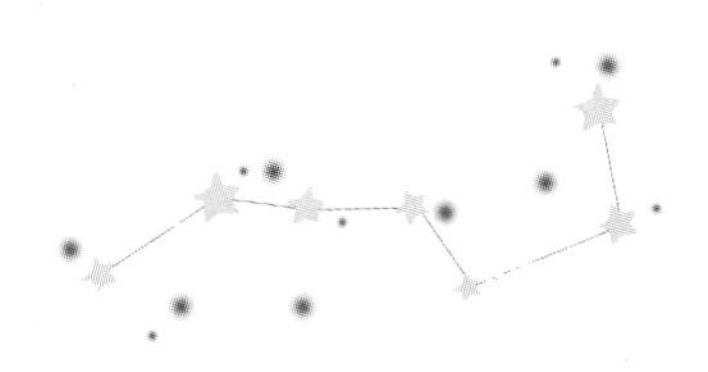

살이 찌는 것은 감정적인 부족감에서 시작됩니다.
우리는 흔히 마음이 편해서 살이 찐다고 생각하지만
내면적으로는 정반대의 심리가 작용하고 있는 것입니다.
살이 찌는 사람들은 마음이 편한 것이 아니라
오히려 심리적인 콤플렉스 때문에 마음이 불편한 것이고,
그 불편함으로 인해 살이 찌는 것입니다.
그것은 스트레스보다 한층 깊게 마음속에 자리 잡고 있습니다.

또 살찐 사람들의 몸은 살이 많아 부드러울 거라고 생각하지만,
실제로 그런 분들의 몸을 만져보면
마음의 긴장 때문에
몸이 딱딱하고 유연하지 못하다는 걸 발견할 수 있습니다.
바로 비만의 원인은 이러한 심리적 자극에 있는 것입니다.

깊은 상처와 감정적인 부족감을 채우기 위해서
우리는 몸이 원하는 것보다 많은 음식을 먹게 됩니다.
심리적인 빈 공간, 상처, 부족감을
음식으로 메우려고 하기 때문입니다.
하지만 심리적인 부족감과 감정적인 상처들, 채우지 못한 욕구는

음식으로 해결할 수 없습니다.

음식이 일시적인 위안이 될 수는 있지만,

이내 폭식을 한 자신에게 또 다른 자학을 하기 때문이죠.

세상의 많은 다이어트 방법들이

비만의 원인인 마음은 보지 않고

외적인 현상인 식욕만을 통제하려고 합니다.

이렇게 일시적으로 눌러놓았던 식욕은 결국 요요현상을 불러옵니다.

그렇기 때문에 다이어트를 하는 많은 분들이

요요현상으로 힘들어 하는 것이죠.

자신이 비만이라고 생각하시는 분들은

새로운 의식의 전환이 필요합니다.

명상을 통하여 자신의 내면에서 일어나는 부조화의 원인들을

먼저 살펴보셔야 하는 것입니다.

식욕을 통제하지 못하는 나를 탓하기에 앞서

내가 왜 이러는지, 내가 왜 이렇게 괴로워하는지

나를 괴롭히는 생각들이 무엇인지 살펴봐야 합니다.

외적인 현상인 식욕을 억압하기보다는
나의 내면을 살펴보는 것이 중요합니다.
무엇 때문에 내가 스트레스를 받고,
무엇 때문에 내가 힘들어하는지,
내 마음이 왜 힘든지 한번 살펴보세요.

이러한 명상 이후에는 먹는 것을 참거나 억압하지 말고
먹는 상상을 통하여 의식적인 포만감을 충분하게 느껴봅니다.

먹고 싶다는 욕구를 실제 음식을 먹는 행위로 풀어버리기에 앞서,
먼저 생각의 욕구를 충분히 생각으로 풀어버리시는 훈련을
거듭해보세요.
먹는 상상을 통하여
의식적인 포만감을 충분하게 느껴보는 것입니다.

이러한 지속적인 노력을 통해 마음의 힘을 길러보세요.
체질을 개선하고 살을 빼고 싶다면,
명상을 통해 마음을 보는 것이 우선입니다.

모든 일어난 현상은 마음의 반영이기 때문입니다.

나 자신에 대한 근본적인 시각의 변화만이

나의 현실을 바꿀 수 있습니다.

★ 스트레스와 치매

왜 노인들에게 치매 증상이 일어나는지,

그리고 치료방안으로 적절한 것이 있는지 궁금합니다.

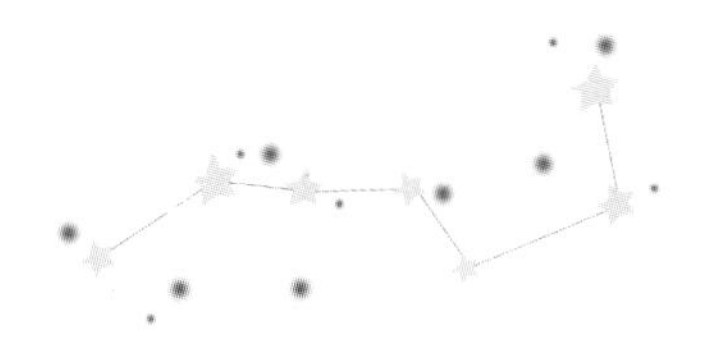

궁금해 하시는 치매에 대해서 간략하게 설명을 해드릴게요.

사람들은 자신의 육체를 너무 소홀히 하고 혹사하는 경우가
너무나 많습니다.
육체의 소중함을 모르고,
건강했을 때의 육체에 대한 고마움도
또한 잊어버리기 십상입니다.
사실 젊었을 때는
과로를 한다거나, 과음을 한다거나, 지나치게 육체를 혹사해도,
젊음이라는 생기발랄한 생체에너지에 의한 왕성한 세포의 활동으로
이를 극복해나갈 수 있는 힘과 기능이 있습니다.

하지만 나이를 먹고 육체가 노쇠해져 감에 따라 상황은 달라집니다.
마음은 이십 대인데 몸은 칠십 대라는 말들을 하지만,
문제는 드러난 육체적인 행동들뿐 아니라
인간이 생각을 하는 행위도
사실은 예민한 두뇌를 사용하는 고도의 육체적 노동이라는
것입니다.

그러므로 생각을 하는 것이 물리적인 힘이 안 든다고 해서
이런저런 불필요한 생각을 남발하는 것은 매우 위험한 일입니다.
즉, 근심과 걱정으로 두뇌를 너무 혹사시키는 것이죠.

앞에서 언급했듯,
젊었을 때는 두뇌가 생각의 과부하를 감당할 수 있지만
나이가 들면서 인간의 두뇌도
기능이 현저히 떨어지게 됩니다.
그러므로 젊었을 때의 습관적인 심각함과 걱정, 근심은
나이가 들어 바로 대뇌세포의 파괴로 이어집니다.

대뇌의 손상 정도에 따라 부분적인 증세
즉, 자발성 결여나 실어, 성격파행, 실행(失行), 실인(失認),
후두엽의 시각 실어, 측두엽의 감각성 실어 등
현대의학적 표현으로 쓸 수 있는데……
이것을 치매라고 할 수 있습니다.

현대의학에서
스트레스를 잘 받는 사람들이 치매 위험이 높다고 하는 것은

바로 이 같은 사실을 뒷받침하고 있는 좋은 증거입니다.

무엇보다 가장 중요한 것은 육체가 있을 때,

건강할 때 소중히 잘 가꾸어야 한다는 것입니다.

★ 자기 사랑과 몸

요즘 여기저기서

'마음이 몸을 치료한다.' 는 말을 많이 듣습니다.

긍정적인 마음을 가지면 더 빨리 낫는다는 말도 있고……

마음과 병을 치료하는 것이 연관이 있는 건가요?

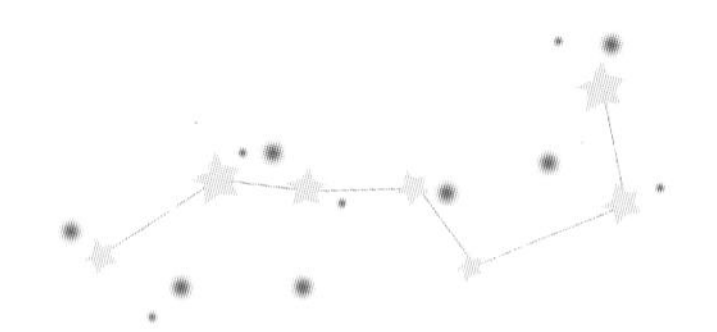

'사랑은 의사' 라는 말이 있습니다.

버니시겔이라는 의사가 말하기를

대다수의 환자들이 당면한 가장 근본적인 문제는

인생에 있어서 가장 어려운 시기에

다른 사람들로부터 사랑받은 적이 없기 때문에

자기 자신을 사랑하지 못하는 것에 있다고 했습니다.

또 그는 인생을 사랑하는 능력과

자기 자신을 사랑하는 능력을 함께 갖출 때

사람은 자신의 삶의 질을 향상시킬 수 있다고 하였습니다.

사랑은 모든 것을 치유하므로

환자들에게 사랑하는 법을 제대로만 가르쳐 주어도

수많은 질병이 치유된다고도 하였습니다.

버니시겔은 이를 사랑의 생물학이라고 불렀는데

그는 사랑의 첫 번째 대상은 자기 자신이어야 하며

자신을 사랑할 줄 알아야

타인도 사랑할 수 있다고 하였습니다.

의사의 관점에서 보아도

자신을 사랑해야 살고 싶은 의지도 생기고

질병으로부터 벗어나려는 의욕도 생기는 것이며
자신을 사랑할 때 면역계의 활동이 강화되어
병이 치유의 방향으로 나가는 것이라고 하였습니다.

현대의학에서도 임상적으로 속속 입증되듯이
사랑의 감정을 품으면
온몸의 세포들이 하나가 되는 것과 같은 반응을 하는 것으로
알려져 있습니다.
이를 일명 정합상태라고 하는데
예를 들면 심장세포들이 보통 때는 느슨하게 연결되어 있다가
사랑의 감정을 품으면 하나처럼 획일적으로 움직인다는 것입니다.

사랑의 감정이나 감사한 마음을 갖는 경우에는
심장 리듬의 정합성이 증가하여
부교감 신경계가 우세해지고,
그에 따라 인체의 각 장기에 조화로운 영향을 미치게 됩니다.

반면 분노나 좌절의 경우에는
심장 리듬의 정합성이 불규칙하게 나타나기 때문에

결과적으로 교감 신경이 우세해지고,
전신에 안 좋은 영향을 주게 되는 것입니다.

이는 여러 측정기계를 통해 심장박동의 파형을 관찰해 보면
우리 모두가 육안으로 확인할 수 있는 분명한 사실입니다.

누구나 다 육체에 몸담고 있는, 현재 이 세상에서
가장 소중한 것은
육체의 건강과 육신의 건강을 돌보는 것입니다.
그러기 위해 육신의 주인인 나의 마음을 가꾸는 것이
보다 우선적인 일이며,
나의 마음을 조화롭게 가꾸는 가장 좋은 방법이
사랑과 감사의 마음을 갖는 것입니다.

★ 허약해져 가는 몸

저는 타고난 허약체질이라

어떤 일을 하더라도 몸이 따라주지 않고

금세 무기력해집니다.

그래서 시간이 지날수록

몸 때문에 아무것도 할 수 없다는 생각이 듭니다.

이러다 정신마저도 허약해져 버릴까 두렵습니다.

어떻게 하면 좋을까요?

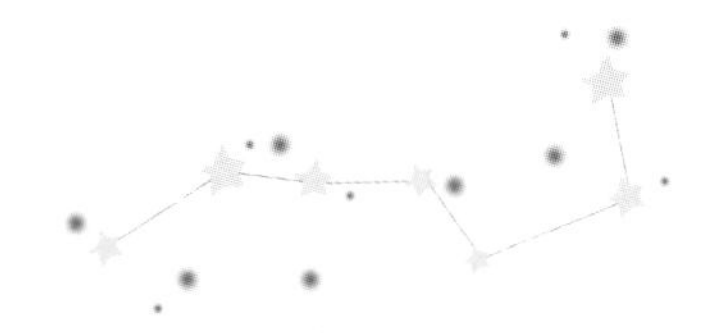

인간의 육체는 오묘한 이치로 구성되어 있습니다.
모든 기관이 원활하게 그 기능을 다하면 더할 나위 없이 좋겠지만
어느 한 부분이 부실하고 그 기능이 상실됐을지라도
다른 부분의 능력을 극대화시켜
부족한 부분을 메우는 방법 또한 있습니다.

예를 들어 무공 고수들의 대련에서 한쪽 팔이 없으면,
양팔을 사용하는 사람보다 빠른 동작이 가능하고,
한쪽 팔의 허점이 없어짐으로써
상대방에게 더욱 대담한 공격도 구사할 수가 있는 것처럼 말이지요.

그러므로 육신이 허약하다고 좌절하실 필요가 없습니다.
정신을 강하게 하는 수행을 하고 싶다고 생각하는 그 순간부터
수행이 시작되는 것입니다.
나약한 육신은 수행에 부담이 되지 않습니다.
'나는 허약해.' 라는 생각이 수행에 부담을 주는 것입니다.

이제 나약한 몸을 탓하실 것이 아니라
더욱더 강한 정신력을 키워 나가세요.

눈이 안 보이면 다른 감각이 더욱 발달하듯
육신이 약해질 때 오히려 정신력을 강화시키는 방법도 있답니다.

육신과 정신은 둘이 아니랍니다.
물질의 가장 고급한 형태는 정신이고,
정신의 가장 저급한 형태가 물질입니다.
얼마 후에는 이러한 이야기들이
과학적인 범주 안에 들어오게 될 것입니다.
무공의 가장 높은 경지는 내공에 있습니다.
아무리 돌보다 더 단단한 철근 같은 몸을 지녔다 해도
내공의 고수에게는 당해낼 수가 없지요.

내공은 무엇일까요?
바로 마음의 무공입니다.
이것을 터득하면 육신도 자연히 강인해지기 마련이지요.
그러니 수행하실 때 나약한 육신에 대한 생각은 잊어버리세요.
오히려 약한 육신일 경우에
육체가 정신을 끌어당기는 힘이 약해져서
더욱 큰 정신의 자유로움을 만끽하실 수 있답니다.

정신이 육체로부터 간섭을 덜 받는 것입니다.

몸과 마음이 모두 강해지는 비결을 알려드리겠습니다.
우선 가만히 앉아 좌정하여 명상을 하시되
'강인함'에 대한 의미를 되새겨 보세요.
무엇이 강인함이고 무엇이 나약함인지…….
본인이 강인함에 대해 완전한 정의를 내릴 수 있을 때까지
이 부분에 대해서 계속 탐구해 보세요.

에너지는 우리의 생각에 의해서 들어옵니다.
생각은 에너지 그물과도 같아서
그물이 촘촘해질수록 끌어당기는 힘이 강해지듯이
생각이 구체적이고 뚜렷할수록 에너지의 강도와 양이 커집니다.
생각을 통해 들어온 에너지에 의해
우리의 몸도 건강해질 수 있습니다.
또한 나의 확신과 이해를 통해 생각이 뚜렷해지고 구체화되면
더욱 큰 에너지가 생깁니다.
그래서 강인함과 건강에 대해서
명상을 통해 개념 정리를 해 보시라고 한 것입니다.

의식은 물질을 창조할 수 있어도

물질은 의식을 만들어내지 못합니다.

바꾸어 말하면

의식은 물질을 변화시킬 수 있어도

물질은 의식을 변화시킬 수 없습니다.

그러므로 나의 육체가 지금 부실하다고 할지라도

그것에 너무 매이지 말고 마음의 내공을 닦으시면 됩니다.

다른 무엇보다도 중요한 것은 마음의 내공입니다.

★ 나는 무엇인가

육체와 정신 중에서

궁극적으로 나를 이루고 있는 것은 무엇인가요?

육체적 실재인가요, 정신적 혹은 영적 실재인가요?

자아는 어디에서 생겨나는 것인가요?

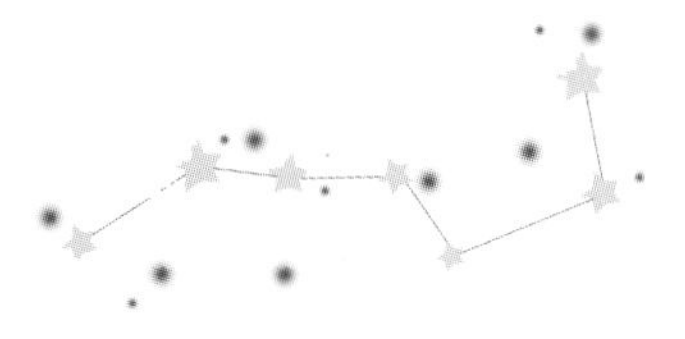

영적 실재와 육체적 실재를 분리해서 생각하고 계시는군요.
그러나 영적 실재란
육체를 벗어난 영혼을 의미하는 것이 아니며,
육체와는 다른 형태의 에너지체를 말하는 것도 아닙니다.

자신을 물질세계의 육체로만 한정짓고,
육체의 의식권에서 벗어나지 못하는 사람은
육체를 벗어나도 형태만 다를 뿐 육체적인 실재와 다름없습니다.

그러나 자신의 무한하고 영원한 영적 실재인
나의 '신성'을 깨달았을 때
비록 육체적인 파동의 세계에 머물러 있을지라도
나는 곧 영적 실재입니다.
영적 실재란 곧 '신성의 깨달음'을 뜻하기 때문입니다.
'신성'이란 영혼과 육체라는 어느 한 파동의 형태가 아닌
그러한 것들에 깃들어 생명을 부여하고 있는
'신의 의식'을 말하고 있는 것입니다.

육체는 스스로 자각하는 것이 아닙니다.

영적 실재가 육체를 통해서
육체의 자각을 만들어내고 있는 것입니다.
그러므로 영적 실재와 육체는 이렇듯 늘 교감을 가지고 있습니다.
영적 실재가 육체라는 회로에 전원을 공급해주고 있으며,
'자아' 라는 생각에 의식을 실어주고 있습니다.

우리 몸의 어느 한 부분을 꼬집으면 아픔이 느껴지듯이
인간의 자아는 이러한 아픔과도 같은 것입니다.
우리는 아픔이라는 자아를 통하여
'몸' 이라는 신을 느끼고 있는 것이랍니다.
아픔은 비록 몸의 일부분에서 생기지만
찰나 지간에 존재하는 것이며
부분적인 것입니다.
마찬가지로 '자아' 란 신의 의식의 한 부분에서 파생된 것이지만
이내 사라져 버리는
순간적인 현상에 불과한 것이랍니다.

이제 아픔을 고집하지 마세요.
자아를 주장하지 마세요.

나는 이미 몸 전체라는 신성을 자각해 보세요.

나 자신이 곧 '신성' 이라는 영적 실재라는 것을

지속적인 명상을 통하여 깨달아 보시기를 바랍니다.

요즘 여러 일 때문에 무리해서 몸이 점점 힘들어져요.
건강이 안 좋아지는 이유가 무엇인가요?

내가 아플 때는
자신의 건강을 돌보지 않은 나의 게으름과 나태함이
그 원인인 것이야.
다른 사람 때문에 아픈 것이 결코 아니란다.
건강을 돌볼 때는 건강이 좋아지고
건강을 안 돌볼 때는 건강이 나빠지듯,
건강도 나 하기에 달린 것.
내가 스스로 노력해서 지켜야 하는 것이지.

진정한 사랑

세상 그 어느 누구도
나를 대신하여 내 마음을 열게 하고, 닫게 할 수 없습니다.
나는 내 마음의 유일한 수호자입니다.

★ 사랑과 질투

진정한 사랑이란 무엇인가요?

내가 사랑하는 사람이 다른 사람과 사랑에 빠졌을 때

티끌만큼의 질투도 없이

그들 모두를 사랑할 수 있어야 진정한 사랑인가요?

사랑은 정말 알다가도 모르겠어요.

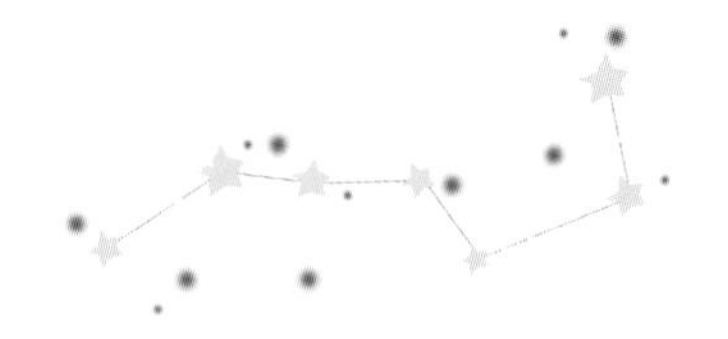

진정한 사랑, 계산적인 사랑, 가짜 사랑, 변하는 사랑……

사랑에 대한 여러 가지 분류가 많이 있습니다.

그리고 각각의 개념에는 많은 생각과 판단들이 따라붙지요.

'진정한 사랑은 숭고하고 아름답다.',

'계산적인 사랑은 나쁜 것이다.' 등의 가치 판단이 붙으면서

나 자신을 어떤 도덕적 영역으로 몰고 갑니다.

그러나 '진정한 사랑'이라는 개념은

나 스스로 만들어낸 것일 뿐입니다.

많은 책과 영화들, 그리고 주변의 이야기를 통해서

어렴풋하게 짐작하고 있는 것이죠.

예를 들어

'내가 사랑하는 사람이 다른 사람과 사랑에 빠졌을 때조차

티끌만큼의 질투 없이 그들 모두를 사랑한다면 진정한 사랑이다.'

라는 식의 생각을 내가 만들어낸 것입니다.

절대적인 사랑, 진정한 사랑은 이해할 것도 없는 그저 개념입니다.

깨달음의 사랑은 다릅니다.

나를 배신한 그들을 어떻게 사랑할 수 있겠습니까?
굳이 그들에 대한 사랑의 감정을 만들어낼 필요는 없습니다.
억지로 그들을 모두 사랑해 보려고 하는 것은 사랑이 아니라,
고집이자 자기학대입니다.

내가 사랑하는 상대가 다른 사람과 사랑에 빠졌을 때조차
그들에 대한 미움으로부터 자유로워질 수 있는 것,
분노나 실망으로부터 스스로 자유로워질 수 있는 것이
깨달음의 사랑입니다.

사랑도 미움도 모두 다 자신이 만들어낸다는 진실만을 깨달으시면
됩니다.
상대에 대한 실망으로 인해
무의식적으로 일어나는 분노의 에너지로부터 자유로워지세요.
깨달음의 상태에 이르렀다고
일말의 기대나 질투심 없이
무조건적이고 절대적인 사랑을 베풀 수 있는 상태가 되는 것은
아닙니다.
단지 질투심으로부터 자유로울 뿐입니다.

진정한 사랑이라는 허상에서 벗어나서

자유로운 사랑을 해 보도록 하세요.

선택은 언제나 스스로에게 달려 있습니다.

★ 메아리 없는 사랑

내가 사랑하는 사람이 날 좋아하지 않아요.

속상하기도 하고, 자존심도 상해요.

그렇지만 좋아하는 마음은 계속 있어요.

어떡해야 할까요?

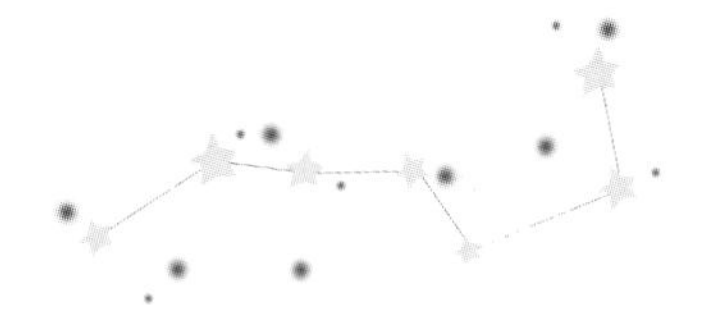

사랑은 그저 있는 그대로를 인정하는 것입니다.

사랑은 받는 것이 아닌, 주는 느낌을 말합니다.

어떠한 욕구에 의해서, 인정받고자 하는 마음 때문에

상대를 필요로 하는 것은 사랑이 아닌 계산이지요.

'내가 이런 것을 줄 테니

당신도 내가 필요로 하는 것을 주시오.' 라는 계산인 것입니다.

계산 위에 얹어진 관계는 끊임없는 전쟁입니다.

내가 준 것보다 상대방에게 받은 것이 많은지

항상 감시하고 있어야 하기 때문입니다.

불행은 여기에서 시작됩니다.

사랑한다고 하면서 불행한 사람들은 대부분

이 지점에서 넘어집니다.

내가 준 것은 늘 더 커 보이고,

상대가 준 것은 늘 더 작아 보이기 때문입니다.

남녀 간의 애정문제에 있어서도

나 싫다는 남자에게 연연할 필요가 없고,

나 싫다는 여자에게 연연할 필요가 없습니다.

언제든지 너는 너대로, 나는 나대로 갈 길을 선택할 수 있음을
인정해주어야 합니다.
사실 내 마음이 충분히 만족하면 이성에 연연할 필요가 없고,
이성에 아쉬울 게 없습니다.

이성에게 연연해 하고, 사랑을 되돌려 받기 원하는 것은
질투에서 기인합니다.
질투는 인간에게 있어 가장 못 말리는 감정 형태입니다.
질투라는 감정의 저변에는 자존심이 웅크리고 있고,
자존심은 열등감에 사로잡혀서 생겨난 감정이기 때문입니다.

질투로 인해 문제가 생기는 경우,
그들의 마음속에는 모두 자신이 만들어 놓은 열등감이 있고
그 열등감으로 인해
언제든지 질투의 감정으로 폭발할 수 있는 여지가 있었기에
문제가 생긴 것입니다.
열등감이 나를 지배하지 않으면
결코 질투라는 감정이 일어나지도 않고 생기지도 않습니다.

속상하고 자존심이 상하고
우울, 좌절감, 분노까지 느껴질 수 있습니다.
내 안에서 소용돌이치는 그런 감정들을 인정하고 바라보세요.
그 감정에서 한발 떨어져서 '이 감정은 왜 일어나는가?' 에 대한
깊은 통찰을 일으켜 보세요.

자존심, 열등감, 질투 모두 다 나에 대한 자각의 결여가
불러일으키는 감정들인 것입니다.

자각은 왕도입니다.
나에 대한 완전한 충만과 대자유로 이르게 하는 왕도입니다.
이 왕도를 따라 묵묵히 가시기 바랍니다.

★ 사랑과 조건의 선택

저는 지금 결혼 적령기에요.

배우자를 고를 때 어떤 기준으로 골라야 할지,

나에게 맞는 사람이 어떤 사람인지를 모르겠어요.

혼란스럽기만 하고요.

사랑이냐, 조건이냐의 고민도 점점 심해집니다.

무엇을 우선으로 선택해야 할까요?

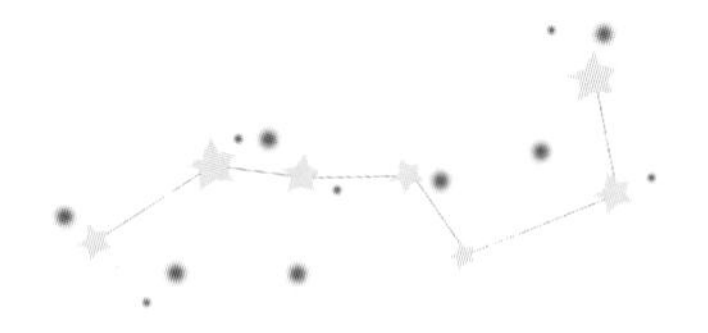

우선 재미있는 이야기를 하나 소개할까 합니다.

어느 회사에서 미혼녀들에게 특별한 이벤트를 마련하였습니다.
랜덤 추첨을 하여 당첨이 되는 사람에 한해서
일류 남편감이 진열되어 있는 백화점에 들어가
남편을 살 수 있는 기회를 준다는 것이었습니다.
수많은 미혼녀들이 모여들었고,
치열한 경쟁 속에 두 명의 처녀에게 자격이 주어졌습니다.

이 백화점에 들어가면
마음대로 자신이 원하는 남편감을 골라 살 수 있었지만
단 한 가지의 규정이 있었습니다.
그것은 한 번 지나간 층으로는
결코 되돌아갈 수 없다는 규정이었습니다.
두 처녀가 꿈에 그리던 남편을 사려고 백화점에 들어갔습니다.
1층에는
직업이 번듯하고 아이들을 좋아하는 남편감들이
진열되어 있었습니다.
뭔가가 조금 부족함을 느낀 두 처녀는

2층으로 올라가기로 했습니다.

2층에는

돈도 잘 벌고 아이들도 좋아하며 잘생긴 남편감들이

진열되어 있었습니다.

두 처녀의 마음은 흥분되기 시작했습니다.

'우리 내친김에 한 층 더 올라가 보자!'

3층에는

돈도 잘 벌고 아이들도 좋아하며 잘생겼고,

집안일도 잘 도와주는 남편감들이 진열되어 있었습니다.

두 처녀는 환호했습니다.

"최고야!"

그러다 한 처녀가 말했습니다.

"이제 우리 여기서 멈출까?"

"아니야, 여기서 멈출 수는 없어!"

역시나!

4층에는

돈 잘 벌고, 가정적이며, 잘생겼고, 로맨틱하기까지 한 남편감들이 진열되어 있었습니다.

"맙소사 4층이 이 정도이면 5층은 상상을 초월하겠지? 가자!"

그러나……

5층에 당도한 처녀들은 당황하고 말았습니다.

왜냐하면 5층이 텅 비어 있었기 때문입니다.

하나의 안내문만이 그녀들의 눈에 들어왔습니다.

그리고 안내문에는 이렇게 쓰여 있었습니다.

'만족을 모르는 당신들.

출구는 왼편에 있으니 이제 계단을 따라 내려가기 바람!'

사람은 모두 다릅니다.

결혼 상대자의 조건이 좋으면

애정이 조금 부족하더라도 만족할 수 있는 사람이 있고,

두 사람의 사랑이 뜨거우면

상대자의 조건이 조금 부족해도 괜찮은 사람이 있습니다.

어느 것이 옳다, 그르다가 아니라

그저 다름의 문제이고, 선택의 문제입니다.

사람들은 선택하기 전에 두려워합니다.

무엇이 옳은지 모르겠다고 하면서 말입니다.

무엇이 잘한 선택인지 모르겠다고 선택이 힘들다고 합니다.

그러나 사실 이것은 핑계입니다.

몰라서 선택을 못 하는 것이 아니라, 싫어서 안 하는 것입니다.

하나를 선택하고, 그에 따른 기회비용을 치르고 싶지 않은 것입니다.

만족을 모르는 마음이 가장 큰 걸림돌인 것입니다.

결혼뿐만이 아닙니다.

자신이 무엇을 원하는지 정확히 모르고

남들이 좋다는 것, 사회가 권하는 것에 휘둘리다 보니

선택이 너무나 어렵게 느껴집니다.

나는 불만족을 선택하듯 만족을 선택할 수 있습니다.

어떤 것을 선택하여 따라오는 기회비용을

기꺼이 치를 수 있는 힘이 있습니다.

스스로 받아들이면 그뿐입니다.

'이것도 가지고 싶고, 저것도 가지고 싶어.' 라고 우기는 것은

어린아이가 떼쓰는 것입니다.

사랑이냐, 조건이냐,

누가 나에게 맞느냐, 맞지 않느냐가 중요한 것이 아닙니다.

어떤 것을 선택한 후,

그것에 만족할 줄 아는 내 마음이 가장 중요한 것입니다.

마음을 고요히 하고 내면으로 들어가 스스로에게 물어보세요.

명상을 통해 통찰해 보세요.

내 마음이 만족하는 자리,

무엇을 선택하든 든든히 나를 지지해줄 자리를

스스로에게 만들어 주세요.

나에게 불만족이라는 깡통 대신

만족이라는 보물을 선물해 보세요.

★ 결혼생활의 무게

결혼을 하면 늘 행복하고, 편안할 줄 알았는데

시간이 지날수록 현실은 너무나 힘듭니다.

고부갈등, 남편과의 갈등, 말 안 듣는 아이들까지……

하루하루 지쳐만 갑니다.

무기력하게만 느껴지는 내 모습에 우울하기까지 하고요.

어떻게 하면 좋을까요?

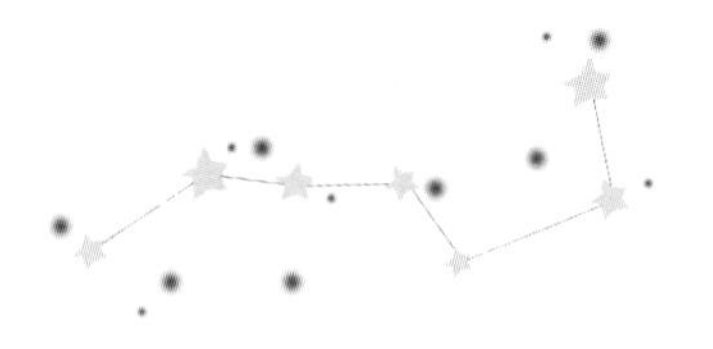

사람들에게 '왜 결혼을 하는가?' 를 물어봤습니다.

대부분의 사람들은 '남들이 다 하니까 나도 해야 되나 보다.' 라고

생각한다고 하더군요.

사랑은 결혼의 이유가 될 수는 있지만 충분조건은 아니라는 거지요.

실제로 결혼하는 분들의 내면을 살펴보면

'외로움' 때문인 경우가 많습니다.

하지만 안타깝게도 결혼을 했다고 해서

이러한 외로움이 사라지는 것은 아닙니다.

정신없이 분주해지는 생활 때문에

외로움에 대해서 생각할 겨를이 없어지는 것일 뿐입니다.

우리가 길을 걷다 보면 여러 갈래의 길을 만나게 됩니다.

시원스럽게 뻗어나간 길도 있고,

지름길도 있으며,

비좁은 골목길도 있습니다.

어느 동네에나 비좁고 막다른 길은 존재합니다.

그런 것처럼 결혼이라는 길을 선택하신 이상

'결혼의 막다른 길' 에 마주칠 수밖에 없는 것이지요.

결혼이라는 길에서는 답답한 벽이 많이 존재합니다.
고부 간의 갈등, 남편과의 애정 문제, 자식 걱정, 경제 문제라는
이름이 붙어있는 벽들 말입니다.

이러한 막다른 길에 접어들면
대부분의 사람들은 망연자실한 채 그 자리에 주저앉게 됩니다.
막혀버린 길에 대한 답답함을 호소하고
막막한 현실에 대한 넋두리를 하며
한동안은 벽에 부딪힌 현실에서 좀처럼 빠져 나오기가 힘듭니다.
이러한 기간은 일시적일 수도 있지만
때로는 오랜 기간이 소요될 수도 있겠지요.

이 길은 그 누구도 아닌 자기 자신이 선택한 것입니다.
그러니 나 스스로의 힘으로
막다른 길이 주는 스트레스로부터 벗어나야 한답니다.
근본적으로 벗어나는 방법을 모르면
다른 길로 돌아나가도 결국 다시 비슷한 벽에 부딪치게 됩니다.
반복되는 지친 여정이 계속되는 것이죠.

스트레스로부터 근본적으로 벗어날 수 있는 명상법을
알려 드리겠습니다.
우선 이러한 스트레스가 밀려올 때마다
막다른 곳에 끝까지 다다르셨다고 생각하십시오.
나에게 스트레스를 가져다준 모든 외적인 요소들은
이제 말 없는 벽이 됩니다.
그리고 막힌 벽에 대한 탓은 하지 마세요.
벽에는 아무런 문제가 없습니다.
오직 내가 그 벽 앞으로 다가섰을 뿐이지요.

오직 자신만이 존재하는 상황을 만드시고 바로 문을 닫아 버리세요.
어느 누구도 개입시키지 마세요. 시부모님, 남편, 자식, 돈……
그 모든 것이 나에게
단지 말 없는 벽이 되어 버렸다고 생각하세요.
사방이 벽으로 둘러싸인 조그만 방에서 나는 혼자 앉아 있습니다.
벽과 싸울 수도 없고 벽에게 하소연을 할 수도 없습니다.

사실 이러한 문제의 원인들은 살아있는 것들이 아니었습니다.
그저 말없이 존재하는 벽처럼 원인으로서 존재했던 것뿐이지요.

그 벽들이 문제를 일으킨 것이 아니라

오직 나의 마음이

그것들을 장애로 받아들이고 문제시할 뿐이랍니다.

가만히 앉아서 마음을 가다듬어 보세요.

문제 해결은 그 누구도 대신 해줄 수 없습니다.

그 문제로부터 받는 스트레스는

나 자신이 스스로 벗어나야만 합니다.

가만히 앉아있다 보면 어느덧 편안함이 밀려올 것입니다.

조용히 그렇게 휴식을 취해 보세요.

그런 다음 벽이라는 스트레스의 실체를 깨달아 보세요.

스트레스는 사실 벽과 같이 가만히 정지하고 있던 것이었습니다.

그것에는 아무런 힘도 없고 실체도 없는 것이었습니다.

오직 내가 그것에 에너지를 부여해주었던 것이지요.

그래서 그토록 살아있는 것 같이 생생한 스트레스가

느껴졌던 것입니다.

내가 부여한 에너지 때문에

스트레스는 나의 혈액을 통해 몸 안을 돌아다녔고

불쾌한 스토리가 생겨났던 것입니다.

정지 상태에 있는 스트레스를 가만히 바라보세요.
그렇게 견고하게만 보였던 스트레스라는 벽도
이런 식으로 에너지를 부여해주지 않으면
스스로 붕괴해 버린답니다.

이 세상에 '더 좋음' 이라는 상태는 없습니다.
'더 좋음' 을 추구하는 것은
끝도 없는 신기루를 쫓는 것과 같답니다.
더 좋은 사람, 더 나은 상황이란
실체 없이 내 머릿속에서만 존재하는 관념일 뿐이랍니다.

명상을 통해서 이러한 진실을 진정으로 깨달으시면
모든 상황을 수용하게 되고,
스스로가 놀랄 정도로 강인해지실 수 있을 것입니다.
그리고 지금의 인연과 상황으로도
충분히 행복하실 수 있을 것입니다.
한번 노력해 보세요.

★ 혼전순결의 의미

혼전순결이라는 말이 가끔은 답답하게 들리기도 합니다.

결혼 제도는 하나의 사회적 제도일 뿐인데요.

딸들에게 하는 말, "몸조심해라!"라는 말도 이제는 지겹습니다.

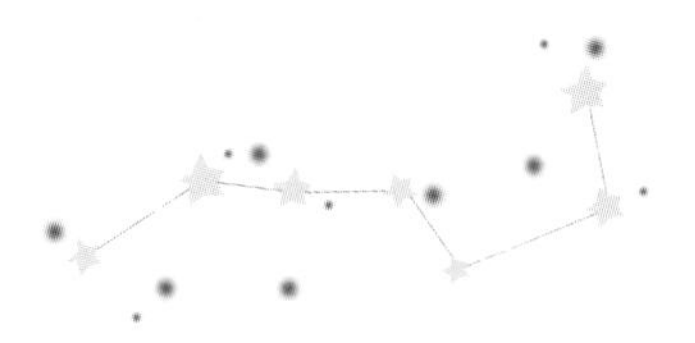

자신과 함께 대화의 시간을 가져 보세요.

잠들기 전에 스스로와 대화해 보세요.

내 안에 있는 지혜로운 나를 하나 만드세요.

"난 도저히 혼전순결을 지켜야만 한다는 거 용납 못 해!"라는

관점이 있으면

"그게 뭐 별거야? 혼전순결 지켜도 되고, 안 지켜도 되는 거지."라는

관점도 만들어 보고

"그래도 혼전순결 지키면 좋지 않을까?"라는

관점도 만들어 보는 것입니다.

이렇듯 관점을 여러 개로 나눌 수도 있습니다.

"몸조심하라."는 말에 대해서도 마찬가지입니다.

이해가 안 되는 '나'가 있다면

이해가 잘 되는 '나'도 만들어 보십시오.

안 되는 '나'만 '나'가 아니라,

되는 '나'도 '나'입니다.

두 가지 관점이 다 맞는다고 생각하는 '나'도 만들어 보십시오.

맞다, 틀리다, 둘 다 맞아, 둘 다 틀리지만 뭐가 문제야? 등
그러한 식으로 자꾸 자기 안에서 성숙하고,
지혜로운 스스로와의 교감을 만들어 보세요.

본인 스스로를 가지고 다 할 수 있습니다.
밖에서 무언가를 끌어들일 필요가 없습니다.
어떤 개념이나 관념에 자꾸 휩쓸리거나,
개념이나 관념을 따르지 마시고,
그러한 개념이나 관념을 따르는 '나'를 자꾸 보십시오.
내가 만든 생각을 보지 마시고,
그러한 생각을 만들어내는 '나'를 보십시오.

그렇게 나를 보시면 자연스레 자유로워질 수 있을 것입니다.

★ 사랑에 대한 고정관념

다른 사람들과는 좀 다른 사랑을 하는 사람들이 있습니다.

예를 들면 동성애가 있는데요.

이렇듯 일반적인 이해의 범주에서 벗어난 사랑의 모습들을

어떻게 보아야 할까요?

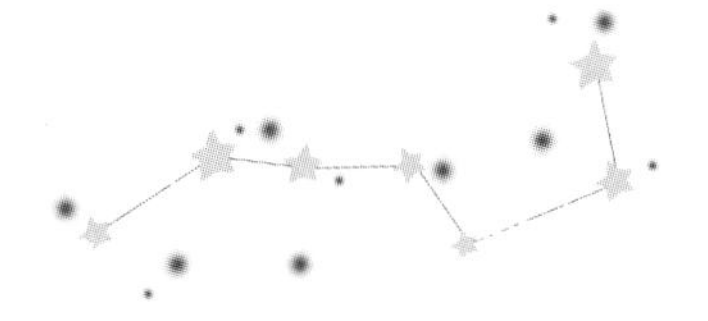

서로 배우자가 없는 남녀의 사랑.

우리는 이것을 일반적 이해의 범주 안에 있는,

상식적인 사랑이라고 부릅니다.

하지만 사실 상식적인 연애란

인간이 만들어낸 하나의 관념을 배경으로 하고 있습니다.

이 사실을 우리는 결코 간과하지 말아야 합니다.

우리는 자신을 여자 혹은 남자라고 생각하고 있습니다.

그리고 자신이 남자 또는 여자라는 것은 객관적 실재이지

결코 관념이라고는 생각하지 않습니다.

다시 말하면 남자, 여자는 관념이 아니라

실재하는 육체라고 생각한다는 것입니다.

그러나 남자나 여자라는 것도 일종의 관념일 뿐입니다.

내가 남자 또는 여자가 된 이유는

나 자신에 대해 그렇게 관념을 형성하였기 때문입니다.

남자는 자신의 아이덴티티에 대하여

'나는 남자다.' 라고 관념을 형성한 것이고,

여자는 '여자' 라는 정체성을 선택한 것입니다.

다르게 말하면 남자는 자신을 남자로 생각하기 때문에 남자이고,
여자는 자신을 여자라고 생각하기 때문에 여자입니다.

그런데 간혹 남자, 여자라는 관념을
다르게 형성하는 경우가 있습니다.
육체적으로 남자인데 여자라는 관념을 형성한
트랜스젠더인 한 연예인이 그 예가 될 수 있습니다.
트랜스젠더는 병적인 것이 아니고
관념을 다르게 형성한 경우이지요.
그 연예인은 남자 고등학교를 졸업하였는데
고등학교를 다닐 동안 남학생이면서
스스로를 여자로 생각하고 여자로 행동했습니다.
반 친구들도 모두 그를 여자로 받아들여 주었다고 합니다.

그 연예인은 과연 남자일까요? 여자일까요?
이 질문에 대한 대답은 무의미합니다.
중요한 것은
남자나 여자라는 것도 바로 우리의 관념이라는 것입니다.
극단적으로 말하면

지금 멀쩡한 남자도 최면을 걸어 여자라는 믿음을 형성하고,
오랫동안 그 믿음이 유지된다면
그 연예인과 같이 자신이 여자라는 관점을 가질 수 있다는 것입니다.

결국 우리가 객관적 실재라고 생각하는 남자나 여자라는 것도
사회적으로 형성된 하나의 관념인 것입니다.
이 관념의 배경에는 육체의 상이성(相異性)도 있지만
가족 제도라는 사회적 배경도 있습니다.
만일 현재의 가족 제도가 붕괴된다면
(가령 모계사회, 또는 결혼하지 않는 사회)
우리는 남자와 여자에 대해서
전혀 다른 관념을 형성하게 될 것입니다.

인간이라는 관념도 마찬가지랍니다.
늑대인간 빅토르의 예가 있지요.
인도에서 야생으로 자란 한 소년이 숲 속에서 발견되었습니다.
빅토르라고 이름 붙여진 이 소년은 결국 문명에 적응하지 못하고,
한밤중에 달이 뜨면 괴상한 소리를 질러대다가 죽었습니다.
말도 배우지 못했고 학습시키려는 노력에도 불구하고

우리가 아는 인간으로서의 그 어떠한 것도 습득하지 못한 채 말입니다.

빅토르의 이야기가 우리에게 시사하는 바는 무엇일까요?
바로 우리가 가지고 있는 인간이라는 규정 또한
사실은 관념이라는 것을 이 이야기는 보여주고 있습니다.
이렇게 고착된 관념을 불교에서는
아상(我相: 나는 누구이다)이나 인상(人相: 나는 인간이다)이라고
부르기도 하지요.

우리가 내려놓아야 할 에고(나 자신에 대한 각종 규정)에는
바로 이러한 관념들이 있습니다.
즉, 우리가 도저히 관념이라고 상상도 하지 않았던
인간, 남자, 여자 등과 같은 관념들 말이지요.
그렇지만 이러한 관념은 우리를 무겁게 누르고 있으며
이러한 관념으로부터 벗어나기는 대단히 어렵고,
대부분의 사람들은
그것을 내려놓을 수 있다는 생각도 하지 않습니다.

결론적으로 말씀드리자면,

우리의 육체는 결코 인간이라는 실재의 외피가 아닙니다.

우리의 육체는 신의 바람이 지나가는 통로일 뿐입니다.

이것을 한번 명상의 주제로 삼아서 성찰해 보세요.

명상은 바로 이러한 관념의 허구를 꿰뚫는 통찰이기도 합니다.

★ 초연한 사랑

이성 간의 사랑에서 초연해지는 게 가능한가요?

정말 궁금해요.

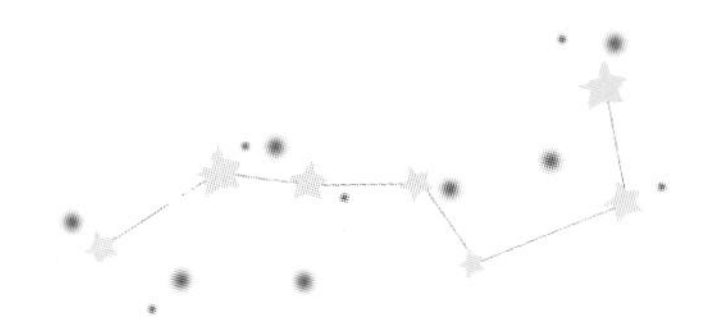

모든 음식은 맛이 있습니다.

음식에 있어서 맛을 갖고 있지 않다는

무미(無味)란 존재하지 않습니다.

맛이 없다는 것 또한 맛이기 때문입니다.

사랑 또한 음식과 다르지 않습니다.

사람마다 느끼는 사랑의 독특한 맛이 있지요.

사랑을 하면서 초연할 수 있느냐는 질문은

음식을 먹고 나서

그 음식 맛을 안 느낄 수 있냐는 것과 같은 이야기입니다.

음식을 안 먹고 초연할 수는 있어도,

음식을 먹고는 초연할 수 없는 것이

세속적인 사랑의 속성이랍니다.

사실 인간의 사랑은

근원적인 인간의 경험에 그 근거를 두고 있습니다.

이성 간의 사랑은 타인에게 몸과 마음의 합일점을 찾고자 하는

인간의 원초적인 본능에서 기인된 것입니다.

육체적인 측면뿐만 아니라

정신적인 합일감 또한 갖기 위해서였습니다.
분리와 부조화의 상태에서
조화와 합일의 상태로 귀환할 때 일어나는 현상이
바로 지복감입니다.
그러한 지복감을 얻기 위해 분리와 부조화를 만들게 된 것입니다.

인간으로서 이성에게 사랑을 느끼는 것은 지극히 당연한 일입니다.
또한 사랑하는 동안 감정에 휘둘리고
다양한 사랑의 맛을 경험하는 것도
사랑을 하는 이유이자 재미이죠.

이성 간의 사랑에 초연하고 싶으신가요?
초연하지 못하는 것이 문제라고 생각하는 나를 먼저 살펴보세요.
이성 간의 사랑에서 초연하여 무엇을 얻고자 하는지
나 자신의 마음속을 먼저 들여다보세요.

나를 힘들게 하는 것은
이성과의 사랑이 아니라
사랑으로부터 초연해야 한다는 나의 생각입니다.

소울메이트는 실제로 있을까요?
그렇다면 몇 생을 거쳐 서로 사랑하는 영혼이 소울메이트인가요.
정말 코드가 잘 맞고 잘 통하는 영혼이 서로의 소울메이트인가요?
아니면 그냥 환상인가요?
환상이 아니라면 한 번쯤 만나보고 싶어요.
만약 실제로 존재한다면 한눈에 알아볼 수 있을까요?

이것아, '나' 하나도 버거워 죽겠는데
무슨 소울메이트까지 찾아!

직업과 배우자를 선택할 때 가장 고려해야 될 사항은 무엇입니까?

가장 우선으로 고려해야 될 사항……
그것은…… 변덕스러운 나의 마음이란다.

일상에서 마음 다스리기

나의 마음이, 곧 나의 현실입니다.

★ 걱정은 미래에서 온다

늘 걱정이 많은데

어떤 명상을 하면

저의 마음의 근심을 가라앉힐 수가 있을까요?

걱정은 어디에서 오는 것일까요?

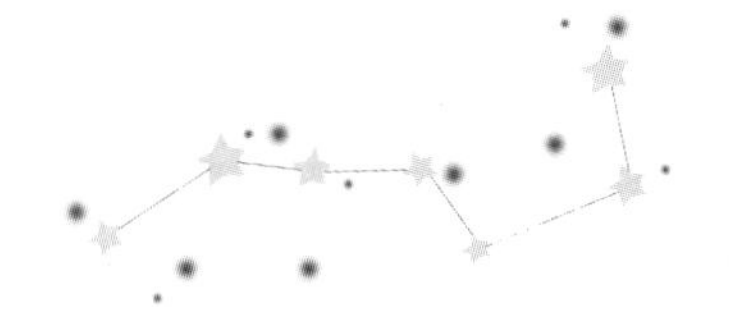

걱정이 어디에서 오는지 살펴보기 전에
우선 나는 어떤 것들을 걱정이라고 하는지,
걱정을 주로 어느 순간에 하는지,
걱정을 하면 기분이 어떤지,
걱정을 왜 하는지,
걱정을 언제부터 많이 하게 되었는지 등
걱정에 대한 통찰을 해 보고 걱정에 대한 정의를 내려 보세요.

보통 걱정을 많이 하는 사람들은
현재에 살지 않고 과거나 미래 속에서 살고 있습니다.
바꾸어 말하면 과거에 내가 했던 일들에 대한 후회와 아쉬움,
미래에 일어날지 모르는 일들에 대한 불안감 때문에
우리는 종종 걱정을 만들어낸다는 것입니다.
지금 나는 이미 지나간 과거도 아니고,
앞으로 다가올지 혹은 오지 않을지도 모르는 미래도 아닌,
현재에 살고 있습니다.
과거나 미래에 대한 후회나 두려움 등의 생각 때문에
현재의 나를 힘들게 할 것인지,
아니면 나를 자유롭게 할 것인지, 선택의 주권은 나에게 있습니다.

내가 가진 문제가 과연 그렇게 절박한 것인가에 대해
한번 생각해 보세요.
그 절박함이 나에게 어떤 형태로 다가오나요?
추락하는 비행기 속에 있는 기분인가요?
생과 사의 갈림길에서 스치는
삶의 처절한 몸부림과 같은 것입니까?

오늘 우리가 생각해볼 명상의 테마는 이것입니다.
추락하는 비행기 속에 있는 나 자신을 바라보는 것입니다.
나는 지금 추락하는 비행기 속에 있습니다.
과연 그 순간에 나는 무슨 생각을 할 수 있을까요?
과거에 대한 후회나 미래에 대한 두려움을 느낄 수 있을까요?
그 순간 나에게 진짜 문제나 걱정이 될 만한 것이
있기나 하는 걸까요?
이 비행기 명상을 통해 절박함을 느끼신다면
내 마음의 현주소를 다시 한번 찾아보시기 바랍니다.

★ 삶의 기준

삶이 버거울 때는 어떤 명상이 좋을까요?

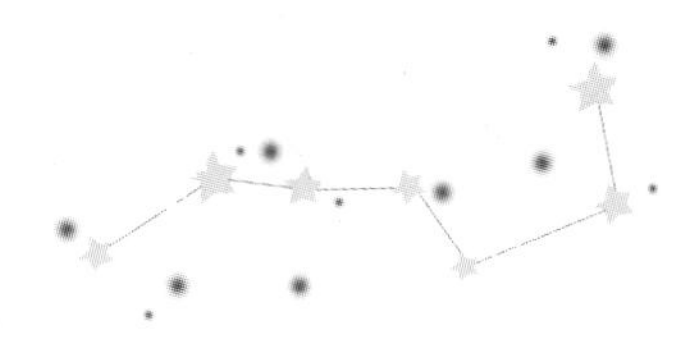

삶이 버거울 때는 그 버거움에 대한 명상을 해 보세요.

내가 생각하는 삶이란 무엇인가?

그 삶의 기준은 과연 무엇이기에

나는 삶에서 버거움을 느껴야 하는 것인가?

내가 느끼는 버거움이란 과연 무엇인가?

그 버거움은 왜 생겨났나?

버거움으로부터 벗어나는 세계가 있다면 그것은 어떠한 모습인가?

그 세계는 버거움만 없어지면 되는 것일까?

이렇듯 삶의 버거움에 대한 질문을 하고

그 답을 스스로 찾아내는 것이

삶이 버거울 때 우리가 할 수 있는 좋은 명상법입니다.

내가 입고 있던 옷을 벗으려 합니다.

내가 혼자 있을 때는 스스럼없이 옷을 벗지만

남들이 있을 때는 쉽게 옷을 벗지 못합니다.

남들이 그 옷을 벗지 못하게 하던가요?

아니면 남들이 있으면 옷이 벗겨지지 않던가요?

버거움이란 이렇듯

나 자신에 의해서 생겨난 것이 아닌,

남들을 의식하는 데서 생겨난 것입니다.

삶의 버거움을 내가 입고 있는 옷이라고 생각하세요.

훌훌 털어 버리세요.

훌훌 벗어던져 버리세요.

나는 언제든지

마음의 부담이라는 옷을 스스로 벗을 수 있는 존재입니다.

★ 답답함은 변화를 일으킨다

생활하다 보면 뭔지 모를 답답함이 생깁니다.

평안을 얻으려고 명상을 해도 마찬가지이고요.

답답함은 어디로부터 오는 것일까요?

그리고 이 답답함을 없애려면 어떻게 해야 하나요?

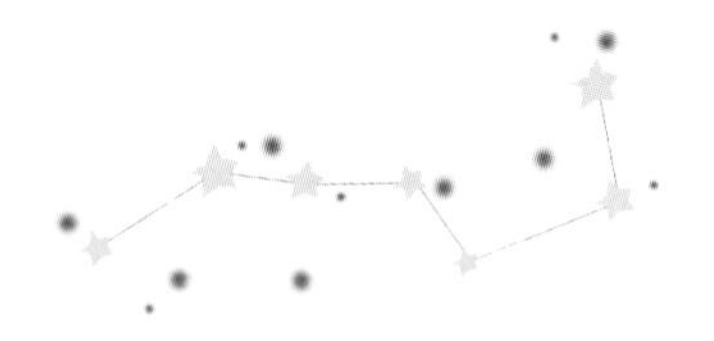

이유 없이 답답한 마음이 드신다고요?

답답함이 불쑥 찾아왔다고 해서

특별히 무언가가 잘못되었다고 생각하실 것도,

심각해하실 이유도 없습니다.

답답함이라는 것은

나타났다가 사라지고 사라졌다가 또 나타나는

수많은 감정 중 하나에 불과한 것이기 때문입니다.

명상 중 답답함이 느껴지는 것은

내가 변화를 추구하는 데서 생겨나는 현상입니다.

자신의 밀폐된 세계에서

또 하나의 문을 찾을 필요성을 느끼신 것입니다.

이제 또 다른 문을 발견하기 위해 노력을 하고 계시는 것이랍니다.

답답함은 나를 가로막고 있는 것이 아닙니다.

그것은 나를 나만의 세계에서 외부로 밀어내고 있는 힘입니다.

답답함에 힘을 주세요.

에너지를 더욱더 부여해 주세요.

그것은 나를 신비로 이끌고 가는 힘입니다.

답답한 마음은 나의 친구입니다.

이 친구를 잘 이용하세요.

가만히 앉아서 이 친구의 에너지를 느껴 보세요.

그리고 지켜보세요.

이 친구로 인해 또 하나의 문이 열립니다.

그때까지 계속 그 친구를 관찰해 보세요.

불교의 '선'은 바로 이러한 친구를 만들어

그를 이용하는 방법입니다.

많은 선사들이 이 방법을 통해 깨달음을 얻었고,

또한 그분들의 제자들이 깨달음을 얻었습니다.

우리 자신은 지금까지 답답함을 장애로 알아왔습니다.

한계에 대한 무기력, 경계에 대한 무력감……

이런 식으로 우리 스스로는 그 친구를 부정적으로만 다루었습니다.

하지만 이제 아닙니다.

지금부터라도 그를 전적으로 받아들이세요.

그리고 그와 함께하며 주의 깊게 그 친구가 주장하는 것에 대해

관심을 기울여 보세요.

어느새 문이 열리게 됩니다.

또 하나의 세계가 열립니다.

명상을 하세요.

그리고 이 친구를 만나 보세요.

그를 완전히 이용해 보세요.

그 친구의 힘을 100% 이용할 수 있을 때

나에게 있어서 더 이상의 문은 존재하지 않게 됩니다.

그것은 마음의 문입니다.

마음의 문은 항상 열려 있습니다.

★ 스트레스 벗어나기

잊으려고 해도 어떤 특정한 일들은

자꾸 마음을 자극하는 것 같아요.

그런 일들이 생각나면

어느새 나도 모르게 화가 나서 씩씩거리거나

당황해서 안절부절못합니다.

이럴 때는 어찌해야 할지 모르겠어요.

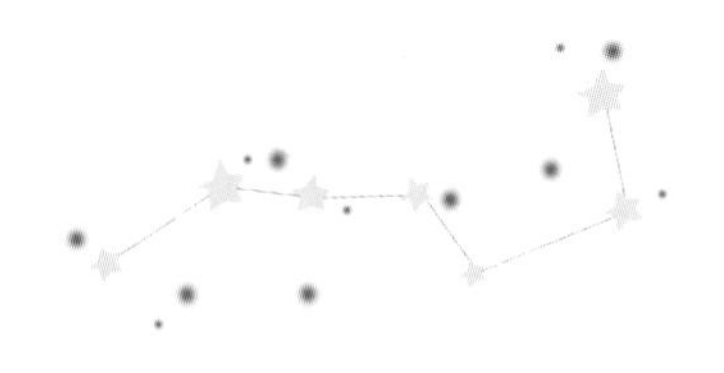

지금부터 명상법 하나를 제시해 드리겠습니다.
이 명상법은 아주 강력하면서도 쉽게 본인의 스트레스로부터 벗어날 수 있는 방법입니다.

우선 끓는 물을 생각하세요.
물은 100도 정도에서 끓지요.
물이 끓으면 수증기와 같은 형태가 되어 자유롭게 됩니다.
이제는 내가 그 물이 되어 봅니다.
예민한 나의 성격을
물을 끓게 하는 불의 용도로 이용한다고 생각해 보세요.
이때, 외부로 불을 내보내서는 안 됩니다.
오로지 그 불을 내부로만 지핍니다.

이유야 어찌 되었든
외부적 혹은 내부적인 것으로부터 생겨난 자신의 스트레스를
온몸으로 받아들인다고 생각하세요.
그런 다음 마음에서만 그것이 머물러 있게 하지 말고
몸 구석구석으로 퍼져 나간다고 생각하세요.
그것이 곧 불이 되어

온몸 구석구석을 달구기 시작한다고 생각하세요.
스트레스를 이용해 계속해서 몸에 불을 지펴 보세요.

바로 이때 매우 재미있는 현상이 벌어집니다.
스트레스가 어느덧 사라져 버리는 경험을 하게 되는 것입니다.
왜냐하면 스트레스는 피하지 않고 있는 그대로 수용해 버리면
어느덧 긍정의 에너지로 전환되어 버리기 때문입니다.
스트레스는 피하려고 하면 할수록
강력한 부정의 에너지 형태로 남아 있게 됩니다.
그러나 그것을 수용하고 온몸으로 받아들이게 되면
강력한 긍정의 에너지로 바뀌어
오히려 몸에 활력이 샘솟게 되는 미묘한 현상을 일으키게 됩니다.

이런 식으로 스트레스를
부정에서 긍정적인 에너지로 계속해서 전환시켜 나가면
나의 몸과 마음에 놀라운 변화가 일어나게 됩니다.
나 자신이 곧 '블랙홀'이 되어 버리는 것입니다.
나의 의식 어디에선가 블랙홀이 형성되어
그 모든 생각과 잡념들은 이 의식의 블랙홀 속으로 빨려 들어가

흔적도 없이 사라지게 됩니다.

이제 나에게 있어 더 이상 상대적인 것으로부터 오는 스트레스,
자신으로부터 오는 스트레스는 존재하지 않습니다.
내 안에는 부조화를 완전히 흡수해 조화로 전환시키는
블랙홀이 존재하기 때문입니다.

세상에 존재하는 모든 부정적인 요소는
나의 노력에 의해
이렇게 긍정적인 에너지의 형태로 전환시킬 수 있습니다.
그것은 에너지의 흐름만을 바꾸어 주면 되는 것이었지,
긍정과 부정의 에너지가
원래부터 다르게 존재했던 것이 아니었습니다.
이제 나의 조화에 의해
모든 부정적인 에너지는 긍정적인 에너지 형태로
제 갈 길을 찾아갈 것입니다.

그 모든 것이 역시 나의 마음에 달려 있습니다.
일체유심조(一切唯心造) 다시 한번 노력을 시작해 보시기 바랍니다.

★ 초심자를 위한 명상법

명상을 해 보려 해도 어떻게 해야 할지 알 길이 없네요.

저 같은 초보자도

쉽게 할 수 있는 명상 방법을 가르쳐 주세요.

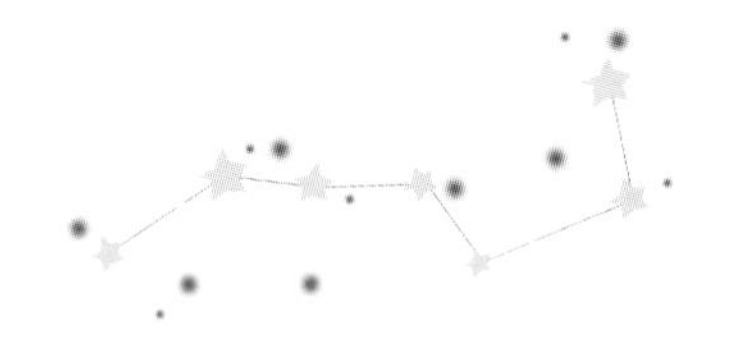

가장 쉽게 시작할 수 있는 명상 방법을 알려드리겠습니다.
기초가 잘 되어 있으면
점차 더 깊은 수련을 할 때에도 많은 도움을 줄 것입니다.

우선 양반다리로 앉아 좌선을 합니다.
척추를 세운 상태에서 어떠한 절차나 형식을 생각하지 마시고
30분에서 1시간 정도 그 자세를 유지해 보세요.
어깨와 목에 너무 힘이 많이 들어가지 않도록 하시고,
몸과 마음의 긴장을 풀고 그저 가만히 앉아 계시면 됩니다.
한 달간 실행해 보시면서 차츰 앉아 있는 시간을 늘려나가 보세요.

이 과정이 익숙해지면
스스로 명상의 주제를 정해 자신의 내면을 성찰해 나가시면 됩니다.
명상은 일깨움입니다.
그리고 명상은 '자기를 바로 보는 것' 입니다.
그러므로 자기를 바로 보는 데 있어서
특정한 방법이 존재하지도 않고,
특별한 명상법이 존재할 수도 없습니다.

그저 자신의 내면을 바라보세요. 나 스스로에게 질문해 보세요.
답을 재촉하지 마시고,
마음을 고요히 한 채 나 자신에게 집중해 보세요.

명상을 하시다가 잘 안 된다면
그 안 되는 원인을 찾아서 그 시점에서 다시 시작하세요.
멈추지 말고 꾸준히 하시길 바랍니다.
꾸준한 명상은 나의 생활의 일부분이 되며
나의 의식을 한층 일깨워줄 것입니다.

명상을 하시면서
더 나은 명상법이 있을 것 같고,
더 특별한 방법을 찾아야만 할 것 같다는 생각이 들면
'누가 그것을 찾고 있나? 왜 나는 그것을 찾고 있나?' 라는 것을
먼저 생각해 보시기 바랍니다.

'누가 그러한 명상법을 찾으려고 하고 있으며,
나는 왜 그러한 명상법을 하려고 하며, 그 명상법을 통해
내가 무엇을 얻고자 하는가.' 라는 식으로 말입니다.

물론 이것에 대한 모든 해답은

그 어떤 명상법에 있는 것이 결코 아니라

자신의 마음 안에 모두 있는 것입니다.

★ 일상에서의 명상

'명상' 이라는 단어는

성인이나 도를 닦는 신선들의 모습을 연상시킵니다.

명상이란 무엇이라 할 수 있죠?

명상을 하면 마음이 편안하고 고요해진다고 하는데

저 같은 평범한 사람도 바쁜 생활 속에서

명상의 세계와 친숙해질 수 있을까요?

앉아 있든지, 서 있든지, 누워 있든지
항상 우리는 숨을 쉬고 있습니다.
명상은 숨을 쉬는 것과 같습니다.
우리가 존재하는 그 자체가 명상일 수 있는 것입니다.
옛말에 '마차를 빨리 가게 하려면 말을 채찍질해야지
마차를 때린다 한들 무슨 소용이겠는가.' 라는 말이 있듯이
명상은 마음이 하는 것이지 육체가 하는 것이 아닙니다.
그러므로 평범한 사람도, 바쁜 생활을 하는 사람도
얼마든지 명상을 하면서 자기 안의 지혜를 찾을 수 있습니다.

또한 명상은 뚜렷한 테마가 꼭 있어야 하는 것도 아닙니다.
억지로 어떤 주제를 정해서,
그 주제에 맞는 해답을 찾기 위해 노력하실 필요는 없습니다.
그저 나를 편안하게 해주고 나를 느끼는 순간,
나의 마음에 귀 기울이는 소중한 시간을 가지는 것이
최고의 명상입니다.

바쁘게 하루하루를 보내시는 분들을 위해서
추천해드리는 명상법이 있습니다.

아침에 잠에서 막 깨어났을 때

눈을 뜨지 않고 즐거운 일을 생각나는 대로 떠올리는 것입니다.

즐거웠던 일이나,

예전에 행복했던 기억,

그리고 평소에 좋아하던 장소나 사람을 떠올리면서

그 행복하고 따스한 기분 속에 머물러 보세요.

그렇게 즐거운 상상 속에서 잠시 머무르셨다가

미소를 머금고 자리에서 일어나시는 것입니다.

다른 사람들이 아침을 짜증으로 시작하는 것과 다르게

하루의 시작을

가장 행복하고 즐거운 기분으로 여실 수 있을 것입니다.

★ 내 마음의 소리

마음을 평화롭게 해주는 음악으로

어떤 음악들이 좋을까요?

아직도 많은 사람들이

헤비메탈 같은 장르는 악마의 음악이라고까지 말하기도 하죠.

어떤 음악이 명상 음악으로 어울릴까요?

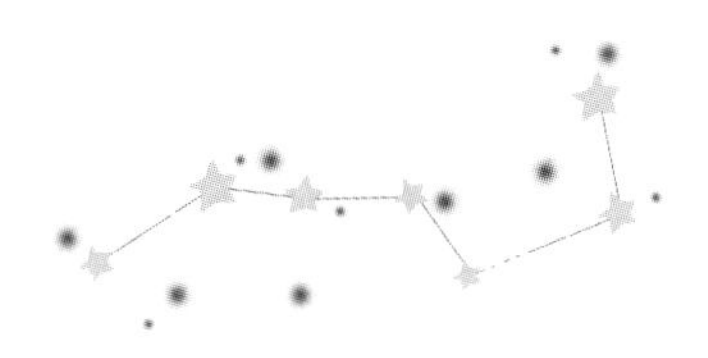

나의 마음을 평화롭게 해주는 음악이 따로 있는 것이 아니랍니다.
나 자신이 나의 마음을 평화롭게 하는 것입니다.
흔히 심금을 울린다고 합니다. 마음의 현을 울린다는 뜻이죠.
심금을 울리게 하는 것은 바로 나 자신입니다.

음악을 들을 때 그 음악이 평화롭게 들리는 이유는
내가 그렇게 받아들이기 때문입니다.

헤비메탈도 마찬가지입니다. 나의 허용에 달려 있습니다.
악마의 소리로 허용하든 천사의 소리로 허용하든
명상 음악으로 허용하든
내가 의미를 부여하는 것에 따라 달라지는 것입니다.

내가 나의 마음을 가라앉힐 때 즐겨 듣는 음악은
나를 평화롭게 합니다.
하지만 나의 마음이 엉켜 있을 때는
어떤 음악도 아무런 도움이 되지 못함을
나는 아주 잘 알고 있습니다.
명상 음악과 비명상 음악을 구별해서

나의 마음을 편협하게 만드는 것을 그만두는 것이

바로 명상이랍니다.

슬픔이든 기쁨이든 나의 심금에서 울리는 소리를 잘 흘려보내세요.

마음의 현은 내가 울리는 것입니다.

바람을 일으켜 보세요.

자각과 정신 차리는 것의 차이에 대해 알려주세요.

옆에 아리따운 여인이 미소를 짓고 있다고 가정했을 때
'저 미소가 언젠가 험한 인상으로도 바뀔 수 있다.'는
이치를 깨우치는 것이 자각이며,
'네 뒤편에서 째려보고 있는 아내가 있다.'는
현실을 깨우치는 것은 정신 차리는 것이란다.

삶의 의미

나는 이곳에 자유를 배우러 온 여행자입니다.

★ 공허한 삶

항상 무언가를 더 해야 할 것 같은 마음이 들면서 조급합니다.

돈이나 목표 등 원하던 것들을 얻어도 그때뿐이에요.

허무하고 끝이 없는 것 같아서 괴로워요.

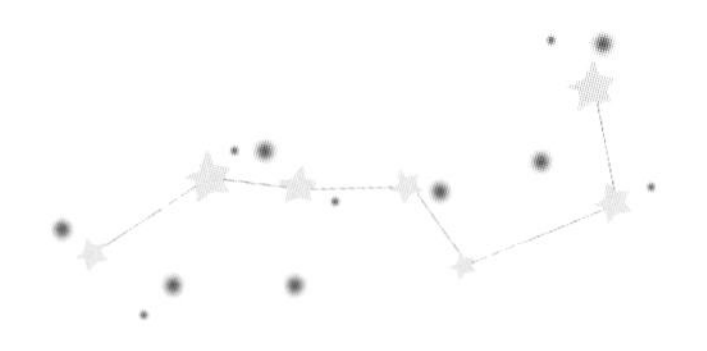

지금까지 본 영화 중에

가장 감명 깊었던 영화가 무엇이었냐고 누군가 물어온다면

저는 단연코

스크루지가 등장하는 〈크리스마스 캐롤〉을 꼽을 것입니다.

또한 세상에서 가장 아름다운 이야기,

세상에서 가장 교훈적인 이야기가 무엇이었냐는 질문에 대해서도

저는 역시 어느 종교의 경전도 아닌,

찰스 디킨스 원작의 『크리스마스 캐롤』을 으뜸으로 칠 것입니다.

이 이야기는 돈을 잘 안 쓰는 스크루지라는 구두쇠가

크리스마스이브 날, 죽은 동업자 친구를 비롯해

다른 귀신들의 방문으로 특별한 체험을 하고 난 후,

돈 잘 쓰고 착한 할아버지가 되었다는

단순한 이야기 같지만 그렇지 않습니다.

스크루지는 살아생전 자신과 버금가는 수전노였던

그의 친구 마레이의 죽음을 지켜보며

인생무상을 맛보았습니다.

퇴근 후에는 흔들의자에 앉아

티 없이 즐거운 마음이었던 어린 시절을 회상하며
회한에 잠기곤 하였습니다.
그리고 사랑하는 연인의 경제적인 어려움조차 외면하여
말년을 고독하게 보내는 자신의 처지에 통한의 슬픔을 느꼈습니다.
지금 가진 돈은 많지만 자신도 언젠가는
그의 친구 마레이처럼 차디찬 시신이 되어 땅속 깊이 묻히고
그 위에 비석 하나만 세워질 것이라는 두려움에 떨고 있던
평범한 인간이었던 것입니다.

스크루지를 변화시킨 것은 누구였을까요?
그것은 귀신들의 방문과 협박에 의한 것이 아닙니다.
귀신들을 통해
다시 한 번 자신의 삶을 되돌아보는 과정에서 일어났던
스크루지 자신의 자각이 결정적인 요인이 되었던 것입니다.
스크루지는 환경과 상황이 변화되어야
그 무엇인가가 얻어지는 것이 아니라
내가 변하고 나의 마음이 변하면, 그 모든 것이 얻어질 수 있다는
'일체유심조' 의 진리를 체득하게 되었던 것입니다.

구두쇠란 무엇일까요?

돈 안 쓰는 사람, 돈을 아끼는 사람, 돈에 집착하는 사람이

아닙니다.

구두쇠는 만족할 줄 모르는 사람입니다.

구두쇠는 풍요를 모르는 사람입니다.

인생이 무상하고 허무하다고 느끼는 사람,

그리하여 물질을 모으고 이성의 사랑을 통해

허무를 채워보려는 사람,

삶이 지루하고 힘들고 괴롭다는 사람,

그리하여 도를 찾고 종교에 기대는 사람,

삶에 회의가 든다는 사람,

그리하여 스스로 자신의 인생을 포기하는 사람.

이런 사람들 모두가 자신의 마음을 쓸 줄 모르는

구두쇠인 것입니다.

구두쇠의 정의를 다시 내려 보자면

'자신의 마음을 쓸 줄 모르는 사람' 입니다.

현재의 나는 어떠한 사람입니까?

수중에 가진 것 없고, 머리에 들은 것 없고, 아는 것도 없어서

나는 구두쇠가 아닐 것이라고 생각하시나요?

나는 부자입니다.

나는 모든 것을 가질 수 있는 마음을 가진 부자입니다.

하지만 나는 부자의 마음을 쓸 줄 모르는 구두쇠입니다.

나는 모든 걸 가지고 있고 완벽히 들어 있으며

완전히 알고 있습니다.

다만 가진 걸 쓰지 않고,

들은 것을 내놓지 않으며,

아는 것을 행하지 않는

구두쇠일 뿐입니다.

나는 누구일까요? 모든 것을 부여받은 행복의 존재입니다.

나는 누구일까요? 모든 것을 베풀 수 있는 축복의 존재입니다.

나는 누구일까요? 모든 것을 누릴 수 있는 지복의 존재입니다.

나에게 있어 이 세상에서 필요한 것은 오로지 자각입니다.

나에게 있어 이 세상에서 가장 가치 있는 일은

오로지 자각하는 것입니다.

나에게 있어 이 소중한 자각이 일어날 수 있는 현재의 나의 삶,

그리고 현재의 나의 하루는 천금과 같은 소중한 기회와 시간임을

절실히 깨우치는 하루를 만들어 보시기를 바랍니다.

★ 가장 큰 행복

행복이란 어떤 것일까요?

먹고 입는 것에 지장 없고

마음 편하게 잘 수 있는 곳만 있으면

더 이상의 낙원도 없을 것 같은데……

실제로 추구하는 가치들은 너무나 많잖아요.

진정한 행복이 무엇인지 알고 싶고,

행복해지고 싶습니다.

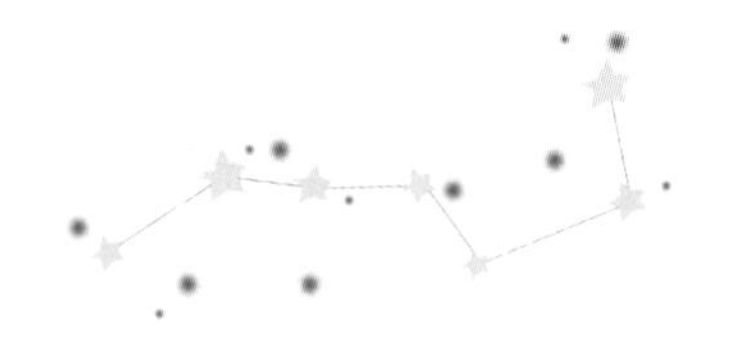

진정한 행복이란 무엇일까요?

'행복' 이라는 것은 언뜻 거창한 감정인 듯 보이지만,
사실 나는 자신이 욕구하던 것이 채워지지 않았을 때
'불행하다.' 고 말하고,
그 욕구가 채워져 포만감이 느껴질 때 '행복하다.' 고 말합니다.
그러므로 진정한 행복의 잣대는 따로 있는 것이 아니며,
행복은 다만 좋은 기분 상태에 지나지 않는 것입니다.

하지만 그런 행복의 좋은 느낌이 얼마나 오래 유지되던가요?

욕구와 욕망이 채워졌을 때의 기쁨도 잠시.
그 순간이 지나면 나에겐 또 다른 형태의 욕구가 생겨나고
그것을 채워가는 과정 내내 또 불행을 느낍니다.
즉, 내가 알고 있는 행복이란
언제 불행의 개념으로 바뀔지 모르는
일종의 컨디션에 불과한 것입니다.

그렇다면 진정 행복으로 이르는 길은 어디에 있을까요?

그 길은 결코 외부에 있지 않습니다.

진정한 행복의 길은 외부로부터 행복이 올 것을 바라며

기다림에 지쳐 사는 것이 아니라,

자신의 존재가 행복 그 자체이며

나는 늘 지복 속에서 살고 있다는 사실을 깨닫는 것입니다.

지금 이 순간 눈을 감고 나를 느껴 보세요.

나는 우주에 단 하나밖에 없는 고귀한 존재입니다.

이렇듯 존재 자체가 귀한 나 자신이 행복이 아니면 무엇이겠습니까?

진정한 나와의 만남. 그것이 가장 큰 행복입니다.

★ 삶의 주인

삶이 불안하고 막막하기만 합니다.

무엇을 위해 사는지도 모르겠어요.

이런 고달픈 운명의 굴레에서 도망치고 싶습니다.

복잡한 삶에서 떠나

명상을 통해 삶의 의미를 찾으면

제 인생이 좀 나아질까요?

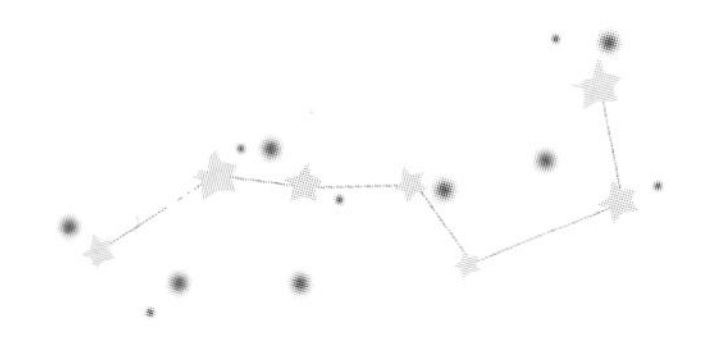

굳이 명상을 하기 위해 특정한 곳을 찾으실 필요는 없습니다.
그저 조용히 생각에 전념할 수 있는 곳이 있다면
어디든지 괜찮습니다.
그런 여건이 안 되시면 주무시기 전에 주위가 조용할 때
시간을 내서 해 보세요.

삶의 의미를 찾는다는 것은 무슨 특별한 세계에 관심을 갖거나
그것을 찾아다니시라는 것이 아니랍니다.
그것은 바로 '삶의 주인' 이 되어 보라는 것입니다.
마음에서 무엇인가가 우러나서 자신의 마음에서 울림이 일어날 때,
그 마음이 가는 곳으로 과감히 따라나서 보는 겁니다.

사람들은 이러한 자신의 직감을 존중해 본 적이 거의 없을 것입니다.
이내 다른 방해꾼들이 들어와
'이것은 이래서 안 되고, 저것은 저래서 안 된다.' 고
훼방을 놓곤 하지요.
훼방꾼들에게 휘둘리는 것도 문제이지만,
왕인 내가 나의 신하들인 주변 상황, 생각에
사사건건 의지가 꺾인다는 것이 말이 되겠습니까?

앞으로는 이런 내면의 움직임이 있다면 바로 실행에 옮겨

본인의 직감대로 밀고 나가세요.

이러한 삶을 살아가다 보면

나는 점점 나의 삶에 주인의식을 갖게 됩니다.

본인 스스로가 짊어지고 부담스러워 했던 삶의 무게로부터

벗어나게 됩니다.

그리하여 자기 자신을 옭아매는

운명, 업보, 팔자라는 단어들에 매이지 않고

그것으로부터 완전히 해방되실 수 있을 것입니다.

벌써 마음이 홀가분해지시지 않나요?

여기까지만 오셔도

지금 생각하시는 삶에 대한 두려움이

분명하게 실체를 드러낼 것입니다.

그리고 삶의 의미도

자신의 내면에서 무언가 다른 형태로 뚜렷하게 나타날 것입니다.

우선 여기까지만 꼭 와 보세요.

★ 진정한 의미와 가치

지난 삶을 되돌아보면

'이건 아닌 것 같은데……' 라는 생각이 불현듯 스칩니다.

삶의 진정한 의미와 가치는 과연 무엇일까요?

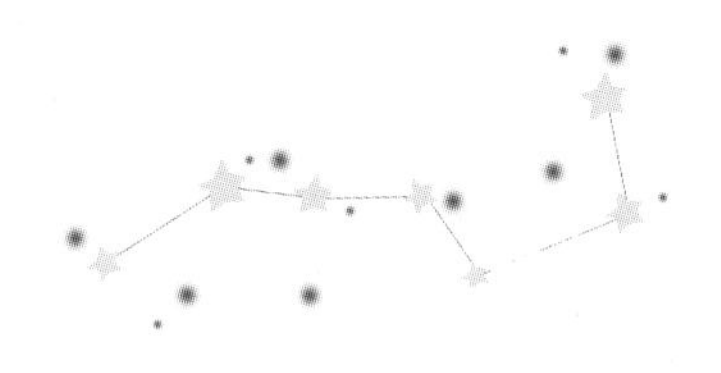

의미 있는 삶이란
'나 자신이 과연 어떤 존재인가?' 를 알고자
스스로 노력하는 삶입니다.
나 자신을 올바로 이해하는 데 방법은 중요하지 않습니다.
오직 나 자신을 이해하고자 하는 의지와 자각만이 필요합니다.

신성에 대한 확신과 신념이 있든 없든,
본래 인간은 그 자체로서 신성입니다.
그저 신성을 깨닫지 못할 뿐입니다.
내가 신성 그 자체이기 때문에
그 어떤 상태에도 머물러 있지 말고,
그 모든 상태로부터 자유로운 자신의 모습을 찾아야 하는 것입니다.

구도의 길이라는 것은
일반적인 생활에 만족하는
대다수의 사람들의 삶과 대립하는 것이 아니라
그들과 조화를 이루어내는 길입니다.
그리고 그 길 속에서 자신을 완벽히 이해할 때,
바로 삶의 진정한 의미와 가치를 깨닫게 되는 것입니다.

★ 내가 살아가는 이유

이 세상에 저 자신이 온 목적을 찾고 싶습니다.

어쩌면 저뿐만 아니라 모든 사람들이

그 목적을 찾기 위해서

한평생 방황하는지도 모르겠다는 생각이 듭니다.

하지만 가치 있는 방황이라면 도전해 보고 싶습니다.

언제 끝날지는 모르지만…….

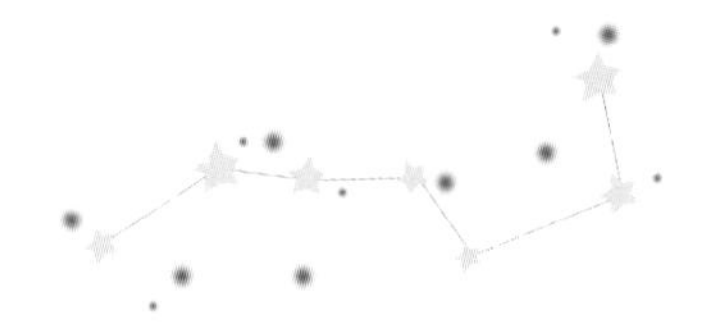

내가 이 세상에 온 이유는 무엇일까요?
나는 운명에 이끌려 할 수 없이 이곳에 온 것이 아니며
전생에 진 빚을 갚기 위해 이곳에 온 것도 아닙니다.
나는 지혜를 배우기 위해 지금 이곳에 와 있는 것입니다.

어떤 지혜일까요? 삶의 지혜입니다.
무엇이 삶의 지혜일까요?

그것은 삶을 윤택하게 살아가는 물질에 대한 지혜가 아니며,
삶을 풍요롭게 살아가는 능력에 대한 지혜도 아니며,
삶을 넉넉하게 살아가는 힘에 대한 지혜도 아닙니다.

삶의 지혜는 나를 찾고, 나를 깨우치는 것에 있는 것입니다.
그러므로 내가 이 생에서 많은 것을 가지고 있든 가진 것이 없든,
내가 이 생에서 많은 일을 하든 적게 하든,
내가 이 생에서 유명한 사람이 되든 그렇지 못하든,
그런 것이 중요한 것이 아닙니다.

내가 이 삶의 주인이라는 것을

내가 이 삶을 통해 배우고, 깨우치는 자각을 하는 것이
중요한 것입니다.
이것이 참다운 지혜이자 삶의 지혜입니다.

내가 현재 그 어떤 지경에 처해 있고,
내가 현재 그 어떤 상황에 놓여 있으며,
내가 현재 그 어떤 환경에 갇혀 있다는
수동적인 생각에 빠져 있지 말고,

나는 이러한 지경 속에서 깨닫고,
이러한 상황 속에서 배우고,
이러한 환경 속에서 성장한다는 능동적인 자세를 가지고
삶에 임해야 하는 것입니다.

내가 세상에 온 이유는
이 삶을 통해 내가 지혜로워지기 위해서입니다.
내가 세상에 온 이유는 깨닫기 위해서입니다.
세상에서 가장 소중한 것은 깨달음이기 때문입니다.

★ 지혜와 함께하는 삶

어떻게 사는 것이 의식적인 삶인가요?

어떻게 사는 것이 잘사는 걸까요?

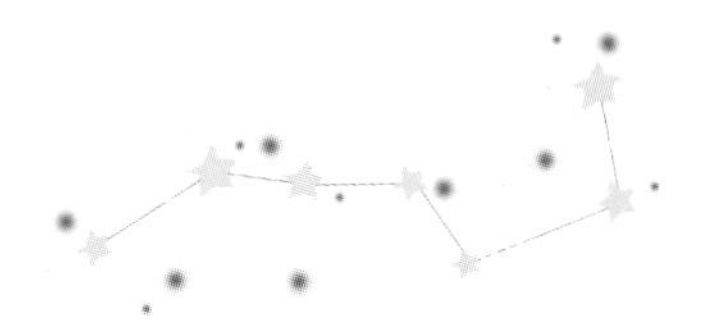

흔히들 건강의 소중함을 빗대어

'건강을 잃으면 다 잃는 것이다.' 라는 말을 합니다.

사람이 일평생 살면서

많은 것을 추구하고, 많은 것을 생각하고,

많은 것을 경험하고, 많은 것을 성취하는 것 같아도

자신의 건강을 잃어 죽음이 임박할 때쯤이면

그 모든 것이 물거품처럼 느껴지고 허망한 생각이 들며

일생을 살면서 나는 무엇인가 많은 일을 했다고 여겨왔던 신념도

나는 아무것도 이룬 바가 없다는 자괴감으로 바뀌게 됩니다.

그리하여 대부분의 사람들 모두가 자신의 죽음 앞에,

그리고 이웃의 죽음 앞에서는

인생의 무상함을 느끼지 않을 수 없으며

모든 것이 한낱 꿈에 불과하다는 말을 실감하지 않을 수 없습니다.

그렇습니다. 건강을 잃으면 다 잃는 것입니다.

부귀도, 영화도, 권세도, 사랑도,

자신의 건강을 잃으면 다 잃는 것입니다.

세간에 비속어로 뺑뺑이를 돈다는 말이 있습니다.

길을 잃어 계속해서 그 주위를 맴돈다는 뜻이기도 하며,

같은 실수를 계속해서 반복하여

좀처럼 상황을 벗어나지 못할 때를 지칭하는 말이기도 합니다.

사람이 갓난아기로 태어나서 노년이 되어 한 생을 마감할 때까지

사람들은 참으로 다양한 형태의 인생을 제각기 경험하게 됩니다.

때로는 행운의 주인공이 되기도 하고,

때로는 비운의 주인공이 되기도 하며,

때로는 사회와 역사에 이름이 남는 드러난 삶을 살기도 하고,

때로는 군중 속에 묻혀

존재가 유명무실한 평범한 삶을 살기도 합니다.

하지만 그 모든 사람에게는

생로병사라는 똑같은 삶의 방식이 있습니다.

어떤 사람이, 어떤 시대에, 어떤 인종으로, 어떤 나라에,

어떤 사람으로 태어나서, 어떤 사람으로 살아가건

태어나서 늙고, 병들고, 죽는 것은 모든 사람이 마찬가지입니다.

사람들에게 있어 이러한 똑같은 삶의 패턴은

연속적으로 되풀이되는 일이지만

그럼에도 불구하고

사람들은 계속해서 반복된 윤회 전생을 거듭합니다.

이름 하여 뺑뺑이를 돌고 있는 것입니다.

왜 그럴까요?

자각을 잃어버렸기 때문입니다.

자각을 잃어버렸기에 나는 나의 존재를 모르고,

나의 존재를 모르기에

나의 삶은 무의식적인 삶이 될 수밖에 없던 것입니다.

과거에 내가 아무리 강렬하고 치열한 삶을 살았다 할지라도

그것은 무의식적인 삶이었기에

나는 나 자신의 삶에 대한 기억을 갖고 있지도 못합니다.

그것이 비록 나에게 있어 수많았던 다양한 삶이었다 할지라도

나는 그렇게 기억도 못한 채

과거의 삶을 다 잃고 살아왔던 것입니다.

나는 늘 태어났던 대로 다시 태어나야 했으며,

늘 늙어왔던 대로 늙어야 했으며,

늘 병들었던 대로 병들어야 했으며,

늘 죽어왔던 대로 죽어야 했습니다.

나는 늘 생로병사의 뺑뺑이를 돌고 있었던 것이며,

지금까지 윤회의 뺑뺑이를 돌고 있는 것입니다.

나에 대한 자각,

나의 존재에 대한 자각,

나의 삶에 대한 자각이 없었던 까닭입니다.

건강을 잃으면 한 생을 잃습니다.

그러나 자각을 잃으면 전 생을 다 잃는 것입니다.

의식적인 삶이란 자각과 함께하는 삶입니다.

자각…… 참으로 소중한 일입니다.

★ 내 안의 세계

세상의 모든 현상이 가짜라고 하던데 정말인가요?

나도 가짜인가요?

그렇다면 존재하고 있는 나는 무엇인가요?

도대체 구도의 길이란 무엇이죠?

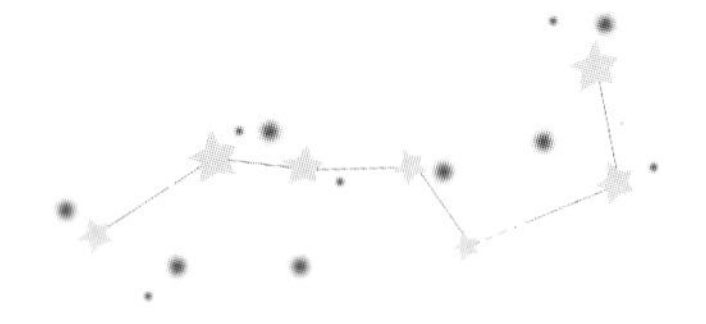

금강경에 이런 말이 쓰여 있습니다.

'일체유위법(一切有爲法)이 여몽환포영(如夢幻泡影)이다.'

'일체유위법,

나를 포함한 모든 삼라만상이 꿈같고, 허깨비 같고,

물거품과 같고, 그림자 같은 것이다.' 는 말입니다.

많은 스승들의 가르침과 법문들이 그렇듯 부처님의 이 설법도,

사람들의 마음에 그리 절실히 와 닿지는 않을 것입니다.

그 이유는 사람들이 모든 가르침의 핵심이 되는

자기 자신을 보려 하지는 않고,

늘 말과 글이 주는 의미만을 보기 때문입니다.

다시 말해 사람들은

자신의 존재 자체가 이렇듯 물거품 같다는 진실은 외면한 채,

그저 '삼라만상이 꿈같고, 허깨비 같고, 그림자 같은 것이다.' 라는

추상적이고, 상대적인 개념에만 빠져있기 때문이랍니다.

그야말로 '나' 라는 꿈속에서

또 하나의 세상의 꿈을 꾸고 있는 것입니다.

마찬가지로 여러분에게

'세상이 정말 꿈같고, 허깨비 같고, 그림자 같이 느껴집니까?' 하고 물을 때,
여러분 또한 다른 사람들과 똑같이 자기 자신은 배제한 채,
그저 여기 나열된 단어들을 음미하는 데만 그칠 수 있습니다.

즉,
'나라는 존재 자체가 바로 꿈같고, 허깨비 같고, 물거품 같고, 그림자 같은 것이다.' 라는 진실은 받아들이기가 힘든 것입니다.
'허깨비 같은 내가 홀연히 태어나서 꿈같이 살다가 그림자와 같이 흔적 없이 사라진다.' 라는
냉엄한 나의 현실은 애써 외면하고 싶은 것이지요.

하지만 결코 어느 누구도
자신에게 주어진 현실을 외면할 수 없습니다.
여러분 자신에게 주어진 현실이 무엇일까요?
누구로 태어나서, 누구로 행세하고, 누가 하는 일을 하고,
누구와 더불어 살고, 누구와 같이 죽는 것일까요?

그 누구도 아닌 '나' 입니다.

나에게 주어진 현실은 바로 '나' 라는 존재에 대한 현실입니다.

'나는 누구이다!' 의 현실이 아닌,

'나는 무엇인가?' 에 대한 현실인 것입니다.

'나는 무엇인가?' 에 대한 현실.

이것이 바로 지금 여러분에게 주어진 진정한 현실인 것입니다.

현재 우리나라는 물론, 지구상 곳곳에 존재하는 구도자들이

어떤 경지와 상태를 얻기 위해 구도의 길을 가고 있습니다.

이 모든 경지와 상태가 다 무엇일까요?

그것은 바로 나의 여정에 관한 이야기랍니다.

수많은 경지도, 수많은 상태도,

모두 다 나를 알아가는 여정에서 발생되는 이야기라는 것입니다.

바로 나에 의해서, 나를 소재로 만들어진, 나에 대한 경험이고,

나를 알아가는 여정이라는 것입니다.

즉, 세상의 모든 경지와 상태는

나를 알아가는 과정에 관한 이야기입니다.

수많은 경지와 상태에 현혹되는 사람들이 있습니다.
그들은 경지를 말하고 상태를 논합니다.
나를 배제하고 도를 찾아다니며 도를 좇기 때문입니다.
이렇게 이야기하면 시시하다고 말할지 모릅니다.
대단한 뭔가가 있어서 그것을 찾아야 한다고 말할지 모릅니다.
별 볼 일 없는 나를 가지고 한다는 말에 회의가 생길지도 모릅니다.

그 이유는 아직도 자신에 대한 자각이 부족하기 때문입니다.
아직도 자신에 대한 이해가 부족하기 때문입니다.
아직도 자신에 대한 앎이 부족하기 때문입니다.
아직도 자신에 대한 깨달음이 부족하기 때문입니다.
이 세상에 나처럼 신비롭고 경이로운 궁극의 세계가 없습니다.
깨달음과 해탈은 도의 세계가 아닙니다.
나의 세계입니다.

모두 다 나에 관한 이야기입니다.
모두 다 나에 대한 이야기입니다.
모두 다 나에 속한 이야기입니다.
도가 바로 나이기 때문입니다.

생각과 마음은 어떻게 다른가요?

'내 생각'과 '내 마음'은 같은 것 같기도 하고, 다른 것 같기도 해요.

생각에다 힘을 주고,

그것이 생생해지면 마음이 되는 것 같기도 하고……

계속 생각하다 보니 생각이 뭔지, 마음이 뭔지 모르겠어요.

'생각하고 마음하고 어떻게 다른 것인가?' 하고 의문을 갖는 것은 생각이지만

'뭐래도 상관이 없어.' 하고 대수롭지 않게 생각하는 것은 마음이란다.

삶과 죽음 그리고 신비

천국과 낙원은 외부의 세계가 아닙니다.
바로 내 마음 안에 있는 나의 세계인 것입니다.

★ 사주와 운명

운세나 별자리, 사주 등을 보면

제가 살아온 삶과 어느 정도 일치하는 것 같아요.

정말 나의 운명이 태어나기 전부터 정해져서

사주대로만 살게 되나요?

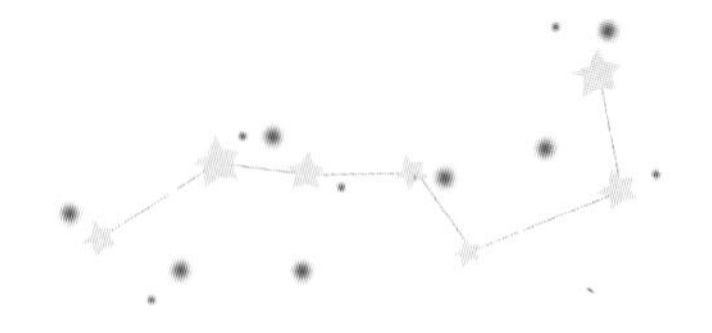

이 세상에 존재하는 것에는 하나도 헛된 것이 없으며,
나름대로 진실과 의미를 가지고 있습니다.
사주 역시 마찬가지입니다.
기상을 관측하여 자연현상의 변화를 살펴볼 수 있고,
몸의 변화를 통해 건강상태나 질병의 조짐을 알 수 있듯이
사주도 이러한 관점에서 나름대로 의미를 내포하고 있습니다.

사주란 자동차와 같습니다.
자동차의 경우
어느 브랜드인지, 모델은 무엇인지, 옵션은 무엇인지 정해져 있죠.
그런 면에서 우리의 형태적인 운명은
정해져 있다고 보아도 되겠지요.

그러나 똑같은 날에 출고된 자동차라 할지라도
어떤 사람이 어떻게 사용했느냐에 따라
그 결과는 완전히 다르게 나타납니다.
어떤 자동차는 몇 년간 아무 탈 없이 운행이 가능한가 하면,
어떤 자동차는 심지어 폐차가 되는 경우도 있습니다.

그러므로 중요한 것은

어떤 종류의 자동차든 운전자는 분명 우리 자신이며,

자동차의 운명은 운전자에게 달려있다는 것입니다.

아무리 좋은 자동차라 할지라도

관리소홀과 잘못된 운전습관으로 함부로 다루면

쉽게 부서지고 수명이 오래가지 못하지만,

저렴한 가격의 값싼 자동차라 할지라도

관리를 잘 하고 좋은 운전습관으로 운전하면

늘 새 차와 같은 성능을 유지하고 있는 모습을 볼 수 있습니다.

이렇듯 우리 자신이 사주의 운전자입니다.

인간의 운명은 많은 부분에 걸쳐 스스로 개척하는 것이지

사주대로 살게 되는 것만은 아닙니다.

시간이란 그저 사건을 유지시켜 주는 힘일 뿐입니다.

그 시간대에 어느 한 테마가 주어지면

우리 자신이 사건을 전개시켜 나가고,

스토리를 만들어내는 것입니다.

즉, 사주라는 시간적 테마에

우리 자신이 열심히 사건을 만들어가고 있는 것입니다.

★ 시간여행

미래를 예언하는 사람들이 있습니다.

그들은 어떻게 눈에 보이지 않는 미래를

예언할 수 있는 건가요?

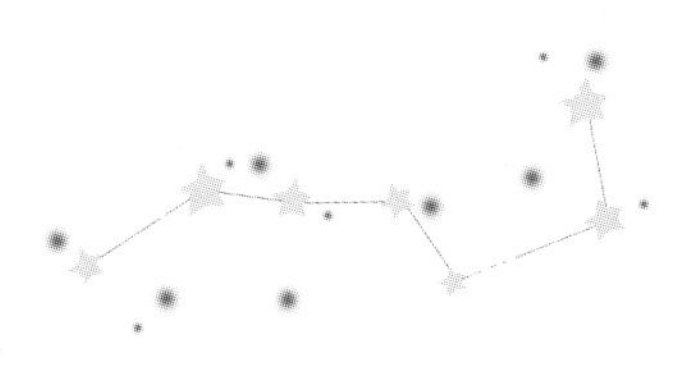

누군가가 과거나 미래를 보는 시점은 어디일까요?
무엇인가를 본다는 것은
현재에서 과거 또는 미래를 볼 수 있다는 것이겠죠.
시간여행을 통해 과거와 미래를 왔다 갔다 하는 것조차도
현재에서 그 일을 하고 있는 것입니다.

예를 들어 한 그루의 나무에
한 사람은 꼭대기에서 한 사람은 나무 밑에서
저 멀리 오는 사람을 바라본다면
나무 꼭대기에서 바라보는 사람에겐
저 멀리 오고 있는 사람이 현재로 보입니다.
그러나 나무 밑에 있는 사람에겐 아직 보이지 않으므로
그 사람이 오는 것이 미래가 되는 것입니다.
이처럼 시간은 관측자의 주관적인 경험에 의해 결정된다는 것을
알 수 있습니다.

또 하나 예를 들면,
과거에 어떤 물건을 집 안에서 잃어버렸을 때,
그 물건은 그 집의 어디인가에 항상 있었음에도 불구하고

우리가 지금 찾고 있는 그 시점은 현재가 되고,
그 물건을 나중에 찾게 될 때 그것은 미래가 됩니다.
그래서 우리는 '물건이 항상 있었다.' 는
객관적인 시간 개념을 갖고 있는 것이 아니라,
'물건은 계속 있었는데 우리가 못 찾고 있다.' 라고 하는
주관적인 시간 개념을 가지고 있습니다.
우리가 미래라고 느껴지는 것은
현재의 전체를 다 보지 못하는 데서 생겨난 개념입니다.
즉, 우리의 경험만을 위주로
어느 대상에 대한 시간 개념을 가지고 있는 것입니다.

예언자란 이같이
남보다 집 안에 있는 물건들의 소재를 잘 파악하고 있는 사람이라
할 수 있습니다.
그리하여 우리가 찾고자 하는 물건이 있을 때
그는 우리보다 그 물건의 소재를 빨리 찾아낼 수도 있는 것이지요.
우리가 나중에야 발견하고 경험할 것을
그는 한집(현재)에 있으면서도
우리보다 먼저 보거나 찾아낼 수 있는 사람입니다.

우주를 측정하고 경험하고 있는 것도 이와 마찬가지입니다.
우리의 주관적인 시간, 공간 개념으로만 느끼고 있는 것입니다.

사실상 현재라는 개념 속에는 물질계뿐만이 아닌
물질계의 시공을 넘어서는 여러 차원이 공존하고 있답니다.
그렇기 때문에 물질계에서 발생하는 현재의 상황이라도
때에 따라서 다차원의 개입을 불러일으키는 경우가 생기는 것이죠.
이렇게 미래는
다차원적이고 다변적인 현재에서
복합적으로 만들어지고 있습니다.
즉, 주제는 바뀌지 않을지라도
상황은 수시로 변할 수 있고
어느 방향으로 튈지 모르는
양자역학의 퀀텀(Quantum)과 같은 것입니다.

'시간은 환상이다.' 라는 말이 도가나 불교에서 자주 나옵니다.
사실 이 말은 시간이 환상이란 뜻이 아니라
시간에 대한 우리의 개념이 환상이라는 것을 뜻합니다.

★ 안타까운 선택

티 없이 깨끗한 어린이들이 난치병으로 고통 받고

세상을 알기도 전에

하늘나라로 떠나는 경우를 보면

정말 마음이 아프고 안타까워요.

'무슨 업보가 있는 건가……' 라는 생각도 들고요.

도대체 이런 일은 왜 일어나는 것이죠?

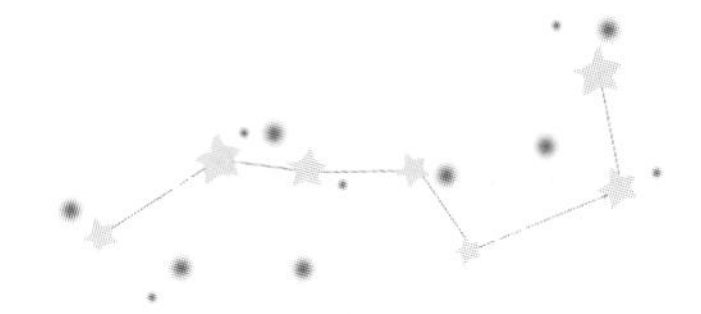

저 역시 말기 암 환자들이 입원해 있는 호스피스 병동에서
백혈병에 고통 받던 한 소녀와 인연이 있었던 적이 있습니다.
그래서인지 질문하신 분의 심정이 잘 공감이 됩니다.

고통과 신음 속에 하나, 둘씩 꺼져가는 어린 생명들을 눈앞에서 보면
그 어떤 말로도 참담한 심정을 표현할 수 없고,
어떤 위로의 말도 가족들에게 위안이 되지 않습니다.
정말로 죽음이라는 당면한 현실 앞에서
세상의 모든 것들이 무력해집니다.
고열과 통증에 시달리면서 저에게
'내가 왜 이런 고통을 당해야 하나요?' 라고 묻던
그 아이가 생각나는군요.

이별이란 무엇일까요? 이별의 아픔은 과연 무엇일까요?
만남과 헤어짐은 늘 일어나는 일인데
유달리 '이별' 이란 말은 어떻게 생겨난 것일까요?

이별이란
'내 사람, 내 것' 이라는

소유의 개념으로 맺어진 인연에 대해서만 일어납니다.

나와 전혀 관계없는 존재는 '이별했다.' 고 하지 않지요.

이별의 아픔은 소유욕의 상실에 대한 아쉬움입니다.

그래서 그토록 절절하고 안타까운 것이지요.

이 지구상에는 지금도 수많은 생명들이 사라져가고 또 태어납니다.

우리가 죽음 자체에 대해서 슬퍼하는 것이라면

우리는 평생을 슬픔 속에 살아야 합니다.

왜냐면 죽음은 끝없이 일어나는 현상이니까요.

비가 내리면 골짜기에 물이 흐르고, 그 물들은 강물을 이루고,

강물은 바다로 모입니다.

또한 그 바다에서 증발된 수분은 구름을 만들어

다시 비가 되어 내립니다.

여기엔 어떠한 이별도 존재하지 않습니다.

자연은 결코 슬퍼하지도, 이별의 아픔도 느끼지 않습니다.

먼저 자연을 이해해 보세요.

이 자연의 힘을 가져 보세요.

의연하게 받아들이는 자연을 이해할 수 있을 때
비로소 나는 이 자연의 힘을 사용할 수 있습니다.
이별이란 결코 존재하지 않습니다.
단지 '변화'만이 있을 뿐입니다.

우리는 인생살이에 있어서 많은 책임을
'업보'라는 말로 대신합니다.
전생이나 현생에 자신이 저지른 죄의 대가라든지,
그 모든 원인에 대한 결과는
본인 스스로 진다는 인과응보 같은 개념에 너무 매여 있습니다.
어느새 가족, 이웃은 물론 종교인들조차 이 업보라는 개념으로
우리 자신들의 무력함을 대신합니다.

그러나 단언하건대 이 세상에 업보는 존재하지 않습니다.
설사 존재한다 해도
그런 무책임한 표현 뒤에 숨는 것은 바람직한 태도가 아닙니다.
우리가 현재 어떠한 어려움을 마주하고 있을지라도
그 원인을 과거로 돌려서는 안 됩니다.
설령 과거에 그 원인이 있었더라도

현재의 상황 아래 그 모든 과거는 이미 포함이 되어 있습니다.

아픈 아이들은 지금 수행의 길을 가고 있습니다.
어릴 때부터 고통을 받고 살아야 하는 천형의 죄인들이
결코 아닙니다.
단지 그들은 그들만의 필요한 이유에 의해서
고행의 경험을 선택한 것뿐이랍니다.

이 점을 깊이 생각해 보시기 바랍니다.
우리에게 주어지는 모든 상황은 꼭 우리에게 필요한 것입니다.
그것은 우리가 선택해왔던 것입니다.
자연은 그저 우리가 원하는 상황만을 제공할 뿐입니다.

개념의 변화가 필요합니다.
그들의 고행에 슬퍼하거나 비통해하지 마십시오.
윤회의 수레바퀴 속에서 비록 본인 스스로가 자각은 하지 못하지만
그것은 그들에게 필요한 선택이었습니다.
동정과 슬픔이라는 약한 감정으로 그들을 대하지 마십시오.
이 고행을 통하여 원하던 경험과 성장을 이룰 수 있도록

염원해 주십시오.

그리고 스스로 자연에 대한 깊은 이해를 통해
강해지도록 노력하시기 바랍니다.
이제부터라도 삶의 밝은 면만을 볼 수 있게 노력해 보세요.
어두운 면은 빛의 부재일 뿐이니까요.
내가 밝게 보고자 하면 어둠은 저절로 사라져 버립니다.

★ 죽음에 대한 두려움

가끔씩 죽음에 대한 두려움이 생기면서,

제가 죽고 난 후의 세계가 어떤 모습일지

무척 궁금해질 때가 있어요.

사후세계는 정말 존재하나요?

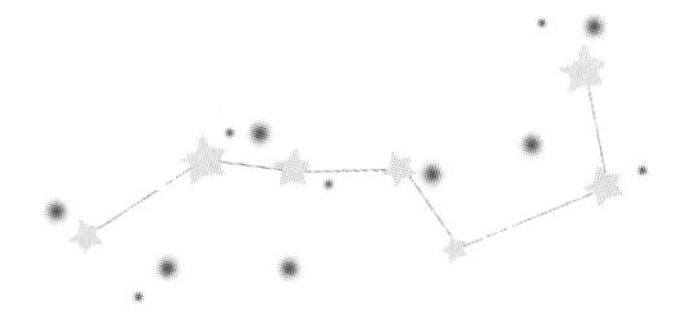

한 가지 분명한 것은
절대 죽음에 대해서 두려워하실 필요가 없다는 것입니다.
죽음에 대한 공포는 그것에 대한 정보의 부재와 무지로 인해
생에 대한 지나친 집착에서 오는 것입니다.
사람들이 죽음에 대한 완전한 이해를 가질 수 있을 때
죽음은 더 이상 두렵지 않고 심각한 것도 아닌
이웃집 방문 정도로 여겨질 것입니다.

사후 세계에 대한 여러 종류의 책이 많이 나와 있지만
다소 추상적이고 명확하지 않은 부분이 많았던 것 같습니다.
그것은 평범한 사람들의 사후여정이 아니고,
잠시 임사(臨死)상태를 경험한 특별한 사람들의
특별한 경험이었기 때문입니다.
그러니 그 내용이 지극히 단편적일 수밖에 없습니다.

우선 보통사람들의 90% 이상은
무의식적인 상태에서 죽음을 맞이합니다.
혼수상태에서 죽음의 진행을 이어간다는 것이지요.
우리가 잠들 때 깜빡 정신을 잃는 것과 마찬가지로

거의 대부분의 사람들은
이렇듯 깊은 수면과도 같은 상태에서 저승으로 운반됩니다.

흔히 티벳에서 죽음 후의 세계로 가는 여정을 묘사한
『사자의 서』란 책에서 언급한 대로
종교적이고 추상적인 경험을 하는 사람들은 극히 드물답니다.
이렇게 저승으로 옮겨진 사람들은 그때 가서야 의식을 회복하고
무엇인가 몽롱할 정도로 바뀌어버린 주변의 낯선 상황과 환경에
적잖이 당황을 하게 됩니다.
우리가 깊은 잠을 자고 있는 동안
자기도 모르게 다른 사람에 의해서
다른 장소로 이동되었다는 것을 잠에서 깨어나 알고,
놀랐을 때와 거의 같은 기분이라고 보시면 됩니다.

그 후 소수의 사람을 제외하고는
죽기 직전의 기억을 거의 회복함으로써
나름대로 안정을 찾고자 노력을 하게 됩니다.
하지만 그 또한 쉬운 일은 아닙니다.

대부분의 사람들은 죽음을 인정하지 않고
정말 집요할 정도로 다시 세상으로 돌아가겠다고
발버둥치고, 통곡하고, 안타까워하며
발을 동동 구르기도 하고……
그러나 끝내 체념하지 않을 수 없는 사후의 현실을
눈물을 머금고 받아들이게 됩니다.
그리고 찾아오는 것은
살아생전에 자신의 삶의 방식에 대한 크나큰 후회입니다.
아마 이때가 죽음 후의 세계에서 가장 큰 아픔의 시간일 것입니다.

그렇다면 이 삶을 어떻게 살아가야 할까요?
이제부터라도
어떤 것이 의식적인 삶인지에 대한 관심을
먼저 가지도록 노력해 보세요.
삶을 의식적인 것으로 만들면,
사후세계 역시 의식적인 것이 됩니다.
그렇게 되면
죽음도 더 이상 무의식적인 상태에서 맞이하지 않게 되므로
두려움도, 심각함도, 삶에 대한 지나친 애착도 모두 사라지겠죠.

그때 사후의 세계는

더 이상 낯선 곳이 아닌 편안한 휴식처가 될 것입니다.

★ 천당과 지옥

사람들은 천당과 지옥에 대해 많은 말을 합니다.

천당과 지옥은 정말 존재하나요?

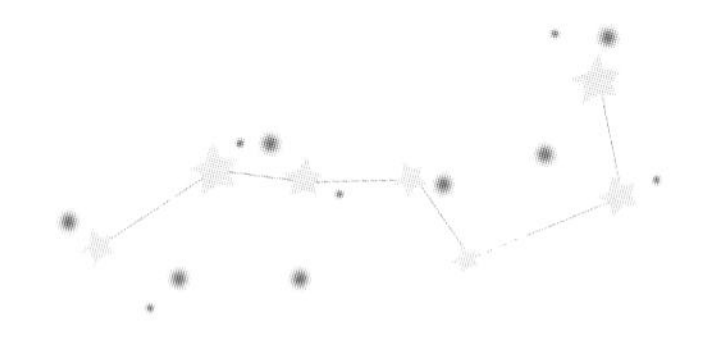

저는 유난히도 겨울이 좋습니다. 눈이 좋기 때문이죠.
하얀 눈이 소복이 쌓여 온 세상을 덮으면
세상의 모든 시시비비가 다 눈으로 덮이는 느낌을 받습니다.
성탄의 음악과 장식들, 크리스마스 분위기가……
겨울은 항상 설레는 맘으로 가득했습니다.

어릴 때나 지금이나 예수님이 무조건 좋았습니다.
비록 '성화' 이지만 인자하고 자상한 예수님의 모습을 보면
말할 수 없는 행복감을 느꼈고,
성경에서 예수님 이야기를 읽거나 영화에서 예수님 모습을 봐도
기쁨이 넘쳤습니다.
예수님에 대한 사랑은 예수님의 가르침에 대한 이해를 깊게 했지요.

예수님의 사랑만을 느끼고 예수님의 가르침만을 새겨보세요.
천국, 지옥, 심판, 영생…… 이러한 단어들은 모두 무시하세요.
원수를 사랑하라는 그분의 지고한 사랑만을 느껴 보세요.
천국과 지옥의 논리적인 당위성을 찾으려 하지 말고,
죄지은 자를 구원해내는 그분의 현명한 가르침을 통찰해 보세요.
심판과 죄와 벌이라는 교리에 대한 반감은 접어두고,

수십 번씩 잘못을 해도 용서해주라는 그분의 관용만을 생각하세요.

정말 사랑하는 사람을 만났을 때 무슨 논리가 필요하고 그 주변이
무슨 문제가 되겠습니까?
진실한 사랑 속에 그 모든 것이 사라지듯
예수님의 숭고한 사랑 속에
모든 종교적인 도그마를 다 묻어버리세요.

종교의 도그마에 반발하여 교리와 논쟁하고 교회와 투쟁할 때
당신은 지옥에 있는 것입니다.
예수님의 지고한 사랑 속에 그 모든 반목(反目)을 끌어안을 때
당신은 천국에 있는 것입니다.
어느 누구도 당신을 심판하지 않습니다.
심판할 수도 없습니다.

이 세상에 '천국' 이 존재하지 않는 한,
저 세상에도 '지옥' 이 존재하지 않습니다.
오직 마음속에 이 '두 세계' 가 다 존재하고 있습니다.
그저 예수님의 사랑만을 보고 사랑 속으로 녹아들어 가십시오.

★ 불행한 여정의 연속

유명인들을 비롯해 많은 사람들이

현실의 탈출구로 자살을 선택하는 것 같습니다.

죽으면 정말 모든 것으로부터 벗어나 편해질 수 있나요?

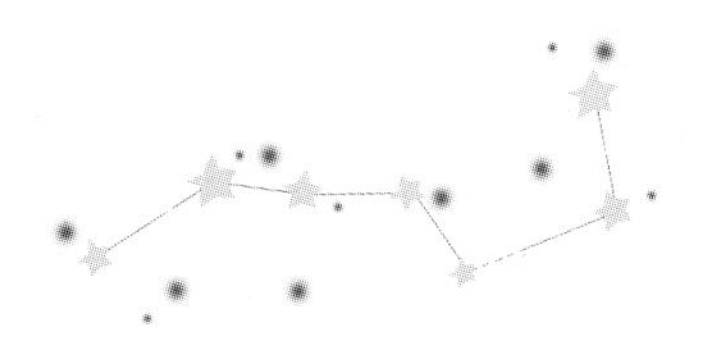

오래전 국내 굴지의 재벌 회장이 자살을 한 사건이 있었습니다.

오죽 답답했으면 그랬을까 생각하지만,

문제는 육체적인 죽음으로 해결되는 것은

오직 피상적인 현실일 뿐이라는 겁니다.

스스로 삶을 포기했을 때

자신의 폐쇄된 관념이 펼쳐내는 환상으로 인해

혹독한 대가를 치러야만 하는 것이

그에게 더할 나위 없이 불행한 사후세계의 여정이라는 사실입니다.

자살에 이르게 된 상황이나 피치 못할 사연에 따라

다소 차이는 있지만,

특이한 경우를 제외하고는 대부분의 자살자들이 겪는 사후세계의

경험은 거의 비슷하답니다.

어떠한 이유를 막론하고,

마음을 외부로부터 단절시키고 폐쇄해

스스로 목숨을 끊는다는 것은

숭고한 경험과 성장을 포기한 어리석은 행동이기 때문입니다.

그러므로 이들은 한동안 진화 여정의 흐름을 타지 못하고
자살의 경험 속에 갇히게 됩니다.
자살자들 거의 대부분이 죽고 나서도
의식의 회복을 스스로 두려워해
계속해서 자살을 되풀이합니다.
높은 곳에서 떨어져 죽은 사람은 계속해서 뛰어내리고,
차에 뛰어든 사람은 계속해서 차에 뛰어들며,
약을 먹은 사람들은 고통 속에서도 계속 약을 먹어댑니다.
그 어느 누구도 말릴 수가 없습니다.
얼마나 황당한 일입니까?

자기 생각에 빠지더라도
살아있을 때는 다른 생각으로 전환한다든지
상대의 설득과 조언에 의해 탈출할 수 있는 기회가 있지만,
육체가 없어진 사후세계에서는
그야말로 철저히 자기 생각에 빠져버리기 때문에
매우 심각한 것입니다.
더군다나 자살자의 세계는 외부로부터의 완전한 단절을 의미하므로
생각의 영향력으로부터 도저히 빠져나올 수 없게 됩니다.

거의 불가능합니다.

여기에 마음공부의 중요성이 있는 것입니다.

자신만의 관념과 생각으로부터 자유로워지는 것 말입니다.

자신을 어떠한 형태로든 묶어버리려고 하는

생각의 허상과 그 실체를 깨달아

하루빨리 폐쇄적인 관념으로부터

자신을 자유롭게 풀어놓을 수 있는 지혜가 필요합니다.

★ 차원의 신비

우리가 사는 세계를 3차원이라고 합니다.

그런데 영화나 소설 등에서는 시공간의 제약이 없는

4차원의 세계를 종종 다루곤 합니다.

정말 4차원의 세계는 존재하나요?

그 이상의 차원도 있습니까?

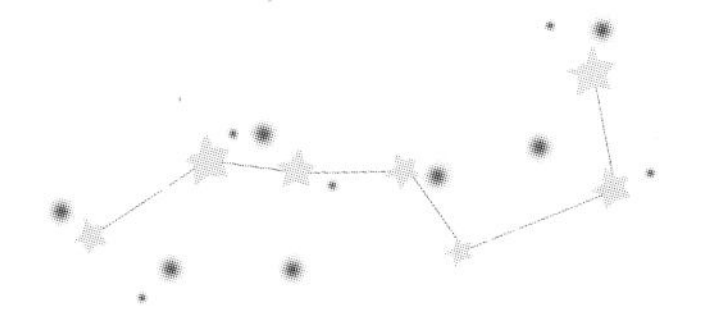

차원이란
사람들에게 있어 경험 이상의 의미를 가져다주지 못합니다.
3차원의 세계에서
아무리 4차원, 9차원에 대하여 생각하고 이야기한들
3차원 세계의 인식구조에서 만들어지는 3차원 세계의 9차원이지,
실제의 9차원의 세계가 아닌 것입니다.

우리가 3차원 세계에서 절대적으로 생각하고 있는
시간과 공간의 개념만 하더라도
육체를 벗어난 4차원의 세계,
즉, 의식의 세계에서는 시공의 개념이 무의미해집니다.
그 상태에서 시공은 절대적으로 존재하는 것이 아니고
자기 자신이 원하는 대로 경험하는 것입니다.

시간의 개념을 잊어버린 사람에게는 시간이 존재하지도 않습니다.
육체가 없는 의식에 대해
시간과 공간은 어떠한 제약도 줄 수가 없습니다.
원하는 사람에게 원하는 만큼의 경험이 주어집니다.
동서남북이라는 방향도 존재하지 않습니다.

동시에 동서남북을 볼 수 있고, 느낄 수 있고, 경험할 수 있습니다.

육체가 가지고 있었던 3차원의 고정관념에서 벗어날 때,
나는 이러한 시간과 공간, 주관과 객관의 제약에서 벗어난
자유를 맛볼 수 있습니다.
따라서 3차원적인 고정관념에서
다차원을 논한다는 것은 무의미합니다.

그것은 물질세계처럼
구체성을 가지고 있는 세계를 뜻하는 것이 아닙니다.
단지 인식의 영역을 나타내고 있는 것입니다.
물질세계에서 생각하듯 좋고 나쁨, 높고 낮음, 앞과 뒤 등
이러한 상대 개념이 존재하는 세계가 아닙니다.
단 한 차원의 상승된 관점에서만 보더라도
우리가 알고 있는 모든 개념들이 뜬구름같이 무의미해지는데
5, 6, 7, 8, 9차원을 어떻게 설명하고 어떻게 이해할 수 있겠습니까?
이해한다 해도
그 또한 3차원의 고정관념 속으로 흡수되어 버릴 것입니다.
우리가 가지고 있는 3차원의 의식 수준이 하루살이와 같다면,

내일, 한 달, 일 년, 십 년, 백 년을 어떻게 이해할 수 있을까요?

사실 5~9의 차원을 표시하는 숫자도
오직 3차원의 세계에서만 존재하는 것입니다.
차원에 대해서 논할 수 있는 것도,
차원에 대해서 생각할 수 있는 것도,
오직 이곳 3차원에서만 가능하답니다.

시간과 공간, 무한과 유한, 주관과 객관……
이 모든 것이 다 3차원의 창조물입니다.
진정 다차원의 세계를 알고 싶고, 경험하고 싶다면
3차원의 세상 속에서 나오셔야 합니다.
3차원의 고정관념으로부터 탈피하셔야 합니다.

이러한 자각이 없는 상태에서 다차원과 우주 자연을 논한다는 것은
그저 개미의 꿈에 지나지 않는 것입니다.
그 모든 것이 3차원 세계의 부속물이 되어 버리는 까닭입니다.

육체를 벗어난 이후의 세계는
어디에 있으며
어떻게 구성되어 있나요?
그리고 우리는 다시 만나게 되나요?

육체를 벗어난 이후는 고사하고,
육체에 잠시 깃들어 있으면서
자신은 영원히 육체에 머물러 있을 것이라는 착각 속에
하루하루 무지몽매한 삶을 살아가는
네 자신에 대하여 한 번 더 통찰을 일으켜 보렴.

우화 속의 일깨움

나의 경험은 내가 원했던 것이고,
나에게 필요한 것이며,
내가 선택한 것이니,
내가 수용하는 것입니다.
모든 경험은 나의 성장을 위한 것이기 때문입니다.

도깨비방망이와 요술램프

우리나라 전래동화에 도깨비방망이가 있다면,

서양의 동화에는 요술램프가 있습니다.

도깨비방망이와 요술램프,

둘 다 사람들의 꿈과 이상을 실현시켜주는 만능 해결사입니다.

도깨비방망이는

금 나와라 뚝딱하면 금이 나오고,

은 나와라 뚝딱하면 은이 나옵니다.

요술램프는 손으로 문지르며 소원을 말하면,

지니가 나타나 모든 일을 다 해결해 줍니다.

그런데 사람들은 자신이 그토록 갖고 싶어 꿈에도 그리는

이 도깨비방망이와 요술램프보다 더 신기하고 요술을 잘 부리는

만능의 보물단지가 나에게 있다는 것을 모릅니다.

여러분은 알고 있나요?

그것은 과연 무엇일까요?

바로 나의 마음입니다.

나의 마음은 진정 도깨비방망이보다 알라딘의 요술램프보다

더 신기한 보물덩어리입니다.

이런 생각도 뚝딱, 저런 생각도 뚝딱, 못 만들어내는 생각이 없으며,

이런 마음도 뚝딱, 저런 마음도 뚝딱, 못 만들어내는 마음이 없으니,

이런 마음을 먹으면 내가 세상에 못할 일이 없고,

저런 마음을 먹으면 내가 세상에 바랄 것이 없는

마음의 요술이 여기 있습니다.

내 마음은 도깨비방망이, 내 마음은 요술램프.

여러분! 오늘 당장 시험해 보세요.

강아지와 뼈다귀

욕심쟁이 강아지가 뼈다귀를 물고 다리 밑을 지나가다가
다리 밑에 자신과 똑같이 뼈다귀를 물고 있는
다른 강아지를 발견했습니다.
물에 비친 자신의 모습을 다른 강아지로 착각한 것입니다.
욕심쟁이 강아지 눈에 비친 다른 강아지의 뼈다귀는
자신의 것보다 더욱 크게 보였습니다.
이어 샘이 난 욕심쟁이 강아지는 다리 밑에 있는 강아지를 향해
"멍멍" 하고 짖었습니다.
자신이 물고 있던 뼈다귀마저 잃어버리는 순간입니다.

현재의 내가 가진 것이 없다면
과거의 나는 많은 것을 가져 보았던 사람입니다.
만일 현재의 내가 많은 것을 가지고 있다면
과거의 나는 별로 가진 것이 없었던 사람입니다.

과거의 내가 많은 것을 가져보았기에
현재의 나는 가진 것이 없는 사람이 된 것이고,
과거의 내가 많은 것을 갖지 못했기에
현재의 나는 가진 것이 많은 사람이 된 것입니다.

나의 마음은 이렇듯 시계추와 같이 움직입니다.
한쪽으로 마음이 쏠리면 이내 다른 방향으로 마음을 몰아갑니다.
많은 것을 가지고 있던 나는 한동안 풍요에 머물러 있다가
다시 소유에 대한 허무와 권태를 느끼고
가진 것이 없는 환경을 만듭니다.
가진 것이 없던 나는 한동안 빈곤에 머물러 있다가
다시 소유에 대한 바람과 욕망으로
가진 것이 많은 환경을 만듭니다.

이렇듯 자신의 환경에 싫증이 나면
상반되는 환경을 또다시 만들고 경험하는 것,
이것이 내가 지금까지 겪어온 윤회의 현주소였던 것입니다.
없으면 갖기 위해, 잃으면 얻기 위해 발버둥치지만
이것을 가지면 저것에 욕심을 내고,

저것을 가지면 그것에 싫증을 내는 나의 마음이
곧 욕심쟁이 강아지의 마음입니다.

아직도 현재의 나는 부족하고 불만족스럽고 불행하다고
생각하나요?
그리하여 다리 밑에 비친 나의 모습을 다른 이의 모습으로 착각하며
그 허상을 좇고 있나요?
만일 그렇다면 나는 소중한 나의 현재조차 잃어버리는
욕심 많은 강아지 인생이 되고 마는 것입니다.
나의 마음을 자각하고 그 마음의 주인인 나를 자각하며
감사한 현재를 살아가는 것.
이것이 참사람답게 사는 길입니다.

어느 동자승 이야기

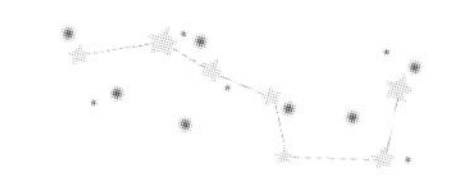

어느 절에 동자승이 있었습니다.

그 동자승은 얼굴도 못생기고 머리도 별로 좋지 않았습니다.

하지만 이 아둔한 동자승을 주지 스님은 남달리 예뻐했습니다.

다른 동자승들은 왜 저런 바보를 주지 스님이 어여삐 여기는지

그 이유를 몰라 의아해하면서 한편으로 그를 시기 질투했습니다.

그러던 어느 날 주지 스님은

모든 동자승들을 불러놓고 이런 제안을 했습니다.

각자에게 모두 새 한 마리씩을 나누어 줄 테니

아무도 자신을 보지 않는 은밀한 장소에 가서 새를 죽인 후

새의 주검을 가지고 오라는 것이었습니다.

그리고 만약 성공하는 사람이 있다면

그를 후계자로 삼겠노라 약속을 했습니다.

잠시 후 한두 명씩 숨을 헐떡이며 주지 스님 앞으로 달려왔습니다.
남들보다 빨리 달려온 동자승들은 미소를 머금고 있었고
체력이 떨어져 늦게 온 이들의 표정은 밝지 않았습니다.
그러나 주지 스님이 사랑하는 동자승은
늦게까지 돌아오지 않았습니다.

누군가가 말했습니다.
"그 멍청한 녀석은 도망간 게 틀림없어."
"맞아. 제 주제에 어떻게 새를 죽일 수 있겠어!"
그러자 주지 스님이 눈을 감고 말했습니다.
"아직 해가 남았으니 해가 질 때까지만 기다려 보도록 하자."

해는 서산을 넘어가고 금세 주위는 캄캄해졌습니다.
이윽고 더 이상 미룰 수 없다고 판단한 주지 스님은
입을 열었습니다.
"이제 그만 결정해야겠다. 다들 모여라."

바로 그때 숲속에서 부스럭거리는 소리가 나더니
동자승이 잔뜩 풀이 죽은 얼굴로 걸어오고 있었습니다.

동자승은 아직 짹짹거리는 새를 품에 안고 있었습니다.

"그러면 그렇지. 하하하!"

제자들은 그런 동자승의 모습을 보고 손가락질을 했습니다.

하지만 주지 스님은 너그러운 목소리로 동자승에게 물었습니다.

"너는 왜 그 새를 아직까지 살려두었느냐?"

동자승은 눈물을 글썽이며 대답했습니다.

"저는 차마 이 불쌍한 새를 죽일 수 없었습니다.

또한 어느 누구도 저를 보지 않는 곳을 찾아다녔지만

그런 곳은 없었습니다."

"그래? 누가 네 뒤를 밟기라도 했더냐?"

"그렇지 않았습니다."

"그럼 누가 너를 보고 있더냐?"

"저 자신이 보고 있었습니다."

세상에 나를 심판하고 구속할 수 있는 것이 있다면

그것은 무엇일까요?

사회의 법일까요, 사회의 규범일까요, 사회의 도덕일까요?

이러한 것들은 때에 따라

나를 규제하고, 제약하고, 나를 위축시킬 수 있을지 몰라도

그 어떤 것이라도

근본적으로 나를 간섭할 수 있는 것은 아무 것도 없습니다.

내 생각과 내 주장의 노예가 되었을 때

나는 법을 위반하고, 규범을 깨며,

비도덕적인 일을 서슴없이 합니다.

그러므로 법도, 규범도, 도덕도,

나의 하고자 하는 의지를 어쩌지는 못합니다.

그렇다면 세상에 나를 구속하고 나를 제약하는 것이 있을까요?

없습니다.

그러나 있다면 그것은 무엇일까요?

그것은 바로 나의 마음입니다.

마음은 진실합니다.

마음은 투명합니다.

마음은 솔직합니다.

그러므로 나는 내 마음을 결코 속일 수 없습니다.

유일하게 나를 심판하고 나를 질책하는 것이 있다면

그것은 바로 나 자신, 나의 마음, 나의 양심입니다.

나를 힘들게 하고, 나를 불편하게 하고,

나를 괴롭히고, 나를 자학하는 것은

오로지 나밖에 없습니다.

거북이의 보물찾기

느림1, 느림2, 느림3이라는 이름을 가진 거북이 세 마리가
큰마음을 먹고 보물을 찾아 여행을 떠나게 되었습니다.
3년이란 세월 동안 그들은 열심히 기어갔지만,
준비가 서툴렀던 탓에 출발지로부터 그리 멀지 않은 지점에서
곧 난관에 봉착하게 되었습니다.
바로 보물섬의 단서가 되는 중요한 쪽지를
집에 놔두고 온 것입니다.

할 수 없이 걸음을 멈추고 거북이 세 마리는 상의를 시작했습니다.
"자, 우리 중에 누가 집에 가서 그 쪽지를 가져오지?"
"느림1이 갔다 오면 5년, 느림2는 10년, 느림3은 15년이 걸리니
느림1, 네가 갔다 오는 게 좋겠다."
이렇게 의견을 모은 거북이들은 느림1이 올 때까지
그곳에서 기다리기로 하고,

느림1은 서둘러 집으로 떠났습니다.

이윽고 5년이란 세월이 지나
드디어 느림1이 쪽지를 가지고 도착하였습니다.
모두들 반갑게 만나 쪽지를 펼쳐본 순간 그들은 하늘이 노래지는
것을 느꼈습니다.
"아뿔싸! 엉뚱한 쪽지를 가져왔잖아!"
모두들 땅이 꺼지는 듯 한숨을 쉬다가 이내 느림2가 말했습니다.
"안타깝지만 이것을 우리 운명으로 받아들이자.
느림1이 많이 지쳤을 테니 좀 늦더라도 이번엔 내가 갔다 올게!"
이렇게 하여
그들은 다시 10년에 걸친 느림2의 왕래를 기다려야 했습니다.

정말 하루하루 지루한 날이 계속되었습니다.
어느덧 긴 기다림에 거북이들 모두가 지쳐버렸을 때
드디어 느림2가 쪽지를 가지고 나타났습니다.
그들은 너무나 기쁜 나머지 얼싸안고 덩실덩실 춤을 추며
느림2의 귀환을 기뻐했습니다.

그리고 기대에 차 두 번째 쪽지를 열어본 순간,
거북이들은 또다시 눈앞이 캄캄해지는 것을 느꼈습니다.
이번에도 보물지도와는 다른 쪽지를 가져온 것입니다.
"하나님, 맙소사! 세상에 이럴 수가!"
그들은 깊은 실의에 잠기게 되었습니다.
"아…… 이런 어쩐다……!"

느림2가 말했습니다.
"우리 둘은 지쳤고 느림3이 간다면 족히 15년은 걸릴 거야.
게다가 느림3은 안 가려고 하니……."
다시 회의를 거듭한 끝에 거북이들은
늦더라도 공평하게 느림3이 갔다 오는 것으로 결정했습니다.
가기 싫다고 하는 느림3을 억지로 떠밀어 보낸 두 거북이는
그야말로 인고의 세월을 보내게 되었습니다.

기다려도 기다려도 끝이 없는 오랜 세월이 흘러갔습니다.

그렇게 길고 긴 시간이 흘러 어느덧 15년이 가까이 다가오자
두 거북이는 흥분이 되어 잠도 잘 오지 않았습니다.

이제나저제나 느림3이 올 것을 학수고대하던 거북이들은
드디어 15년째 되는 날 아침,
느림3의 기척을 느끼고 벌떡 일어났습니다.
아니나 다를까 그들의 눈앞에는
꿈에도 그리던 느림3이 의기양양하게 서 있었습니다.
거북이들의 감격은 이루 말할 수 없었습니다.

두 거북이가 눈물을 닦으며 쪽지에 대해 말하려는 찰나,
느림3은 거북이들의 말문을 막고 자신의 이야기를 시작했습니다.
"히히. 너희들 알다시피 내가 의심이 많잖아.
그래서 나는 집에 안 가고 사실 15년 동안을 숨어서
너희가 나를 두고 떠나나 안 떠나나 지켜보고 있었단다."

여러분…… 절대로 느림3 같은 거북이가 되어서는 안 됩니다.
느리면서 의심까지 많은 이 거북이가 무엇을 할 수 있겠습니까?
여러분은 너무도 오랜 세월을 나와 진리에 무심했고
너무나 느리게 여기에 당도하였습니다.
그리고 이제야 힘들게 나를 찾아 나섰는데
이러한 의심으로 다시 제자리에서 허송세월한다면

얼마나 안타까운 일이겠습니까?

결코 이런 일은 없어야 합니다.

아시겠죠?

행운의 신

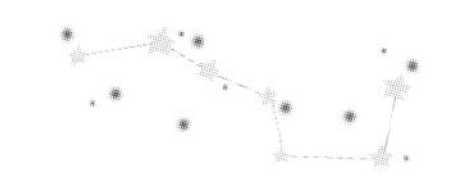

스스로 늘 불행하다고 생각하는 어떤 사람이

기도를 하고 있었습니다.

자신에게 행복을 가져다주는 행운의 신을 기다리는 기도였습니다.

"행운의 신이시여,

어서 나에게 강림하시어

저에게 부귀와 영화와 권세와 능력과 건강을 주시옵소서!"

그는 하루도 빠짐없이 열심히 기도에 기도를 거듭했습니다.

그러던 어느 날 드디어 번쩍이는 광채를 띄우며

행운의 신이 그의 앞에 나타났습니다.

그는 흥분에 몸을 떨며 행운의 신에게 물었습니다.

"오, 당신이 정녕 행운의 신이 틀림이 없으신지요?

저에게 모든 부귀와 영화를 선사해 주실 수 있으신가요?"

행운의 신은 만면에 미소를 띠며 그를 향해 고개를 끄덕였습니다.

그는 날아갈듯이 기뻤고,

자신의 소원이 이루어진 것에 대해 신께 감사를 드렸습니다.

그리고는 행운의 신에게 어서 행운을 달라고 했습니다.

그러나 행운의 신은 잠시 머뭇거렸습니다.

그 사람은 그런 행운의 신을 의아한 눈초리로 쳐다보며 물었습니다.

"왜 그러시지요?"

행운의 신이 말했습니다.

"사실 나는 나 혼자서 다니는 것이 아니라

항상 나의 친구와 같이 다닌다네.

우리 둘은 떼려야 뗄 수 없는 사이지.

오늘도 물론 그 친구와 함께 왔고,

그 친구는 바로 옆방에서 자네를 기다린다네.

내가 자네에게 행운을 선사할 때

그 친구도 자네에게 무엇인가를 줄 거야.

자네는 내 선물뿐만이 아닌

내 친구의 선물도 반드시 받아야 한다네."

그 사람은 행운의 신이 말하는 친구가 몹시 궁금해졌고

그를 만나보게 해달라고 했습니다.
이윽고 옆방에 있던 신의 친구가 모습을 나타냈습니다.
하지만 나타난 친구는 온몸에 어두운 빛이 돌았으며 험상궂고
고통과 비애에 찬 괴로운 모습이었습니다.
그 사람은 너무도 놀라 뒷걸음치며 고개를 저었습니다.
"싫어요! 저는 당신 친구의 선물은 받지 않겠습니다."

그러자 행운의 신이 말했습니다.
"이 친구는 불운의 신이라네.
세상에 고통과 비애와 질병과 불행을 가져다주지.
자네가 나에게 행운의 선물을 받으려면
반드시 이 친구의 선물도 함께 받아야 한다네!"

사람들이 원하는 행복과 행운은
이렇듯 홀로 존재하는 것이 아니랍니다.
늘 그것들과 함께하는 불행과 불운이 있는 법이지요.
여러분에게 있어서 진정한 행복과 행운은 무엇일까요?
바로 행복과 행운은 홀로 존재하는 것이 아니라는
이러한 사실을 깨닫는 자각에 있는 것이랍니다.

자각을 통한 성숙과 성장의 길만이

여러분을 행복과 불행의 굴레로부터 벗어나게 하는

자유를 선사해 줄 것이기 때문입니다.

자책하지 마세요

괴롭다고 해서
공부가 부족하다고 자책하지 마세요.
자책하지 않는 것이 공부입니다.

답답하다고 해서
수행이 부족하다고 자책하지 마세요.
자책하지 않는 것이 수행입니다.

화가 난다고 해서
수양이 부족하다고 자책하지 마세요.
자책하지 않는 것이 수양입니다.

혼란스럽다고 해서
지혜가 부족하다고 자책하지 마세요.
자책하지 않는 것이 지혜입니다.

외롭다고 해서
사랑이 부족하다고 자책하지 마세요.
자책하지 않는 것이 사랑입니다.

자신이 없다고 해서
믿음이 부족하다고 자책하지 마세요.
자책하지 않는 것이 믿음입니다.

불편하다고 해서
자각이 부족하다고 자책하지 마세요.
자책하지 않는 것이 자각입니다.

내 마음이 부처이고, 내 마음이 하느님이며
내 생각이 깨달음입니다.

부록

힐링 길라잡이

7일간의 셀프힐링

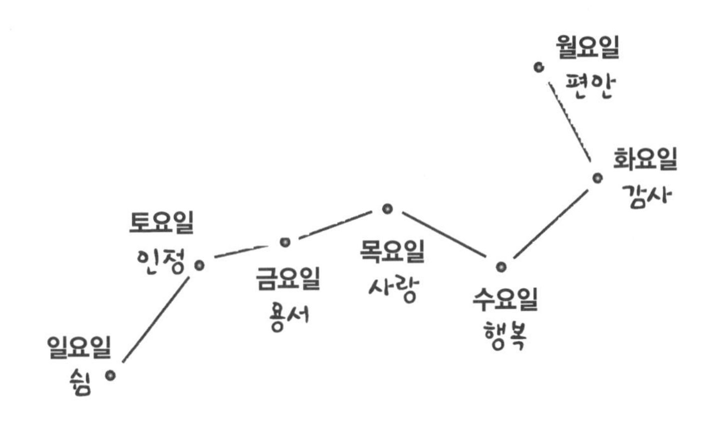

7일간의 셀프힐링은

내가 나에게 선물하는 '마음의 비타민' 입니다.

삶에 치이고, 사람에 치이고, 상처 가득한 나.

그런 나를 편안하게 해주기 위해 많은 것이 필요치 않습니다.

틈틈이 가방에서 꺼내 가볍게 펼쳐보고,

요일별 주제 중 마음에 와 닿는 행동을

따라하시는 것으로 충분합니다.

생각날 때마다 따라해 보고, 가끔은 메모도 해 보고

오늘 하루 내가 나의 손을 얼마나 잘 잡아주었는지

스스로 '참 잘했어요' 별(★) 주기도 해 보세요.

그 효과는 상상 그 이상일 거예요.

내가 나에게 주는 7일 동안의 선물 '셀프힐링'

당신의 지친 마음에

비타민이 되었으면 좋겠습니다.

월요일, 편안한 마음

편안한 자세와 편안한 마음을 가져 봅니다.

앉아서도 좋고 누워서도 좋고 서 있어도 괜찮습니다.

그 상태에 있는 나의 육체를 진정시키고

내 마음을 진정시키는 것입니다.

현재의 내 마음과 내 육체가 불편하거나

병중에 있을 수도 있습니다.

그럼에도 불구하고

나는 내 마음과 내 육체를 진정시킬 수 있습니다.

달래주고 어루만져주고 위로해주는 것입니다.

지속적으로 편안하다는 주문을 만들어 되새겨도 좋습니다.

그렇게 편안한 마음을 유지시키는 것입니다.

'내가 불편할 이유가 없다.'는 사실을 인식해 보는 것입니다.

따라 해 보기

- 무슨 일이든 '토닥토닥' 해주면서 무조건 내 편 들어주기

- 불만족한 상황이 펼쳐지면, 가장 편안했던 때를 상상하기

- 불편한 마음이 생길 때마다 지나가는 버스에 그 마음을 실어 보내기

- 스트레스를 받을 때마다 쓰레기통에 버려보기

- 틈날 때마다 깊은 심호흡으로 몸 이완시켜주기

- 눈을 감고 '나는 이 세상에 하나밖에 없는 귀한 존재야.' 라고 속삭여주기

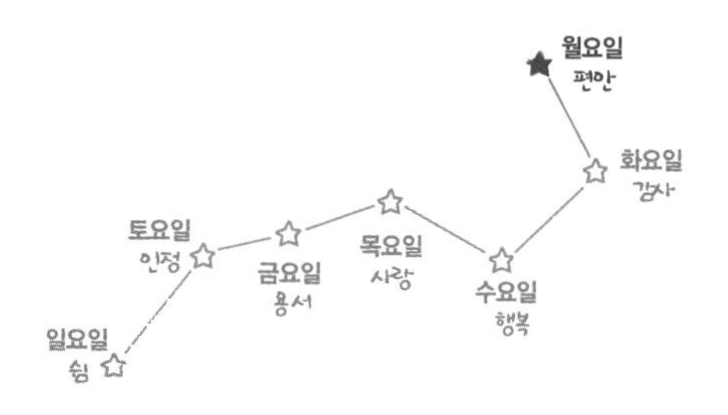

화요일, 감사한 마음

편안한 마음이 지속되면

그 마음은 바로 감사한 마음으로 이어집니다.

그것은 내 마음의 안정과 평안

그리고 만족에 대한 감사함입니다.

마음속 깊이에서 모든 것에 대한 감사함이 우러날 때까지

감사함을 느껴보는 것입니다.

'정말 감사하지 않을 수 없구나.' 하는 사실을

인식해 보는 것입니다.

무조건 해 보기

- 나의 아주 사소한 것들에 감사해보기 (물, 공기, 건강…….)
- 힘들고 슬플 때, 함께하고 위로해줄 친구가 있음에 감사해보기
- 피곤한 몸을 편히 쉴 수 있는 공간이 있음에 감사해보기
- 나 이외에 나를 사랑해주는 사람이 있는 것에 감사해보기
- 내가 사랑할 수 있는 대상이 있음에 감사해보기
- 묻지도 따지지도 말고 '감사합니다.' 라고 말해보기

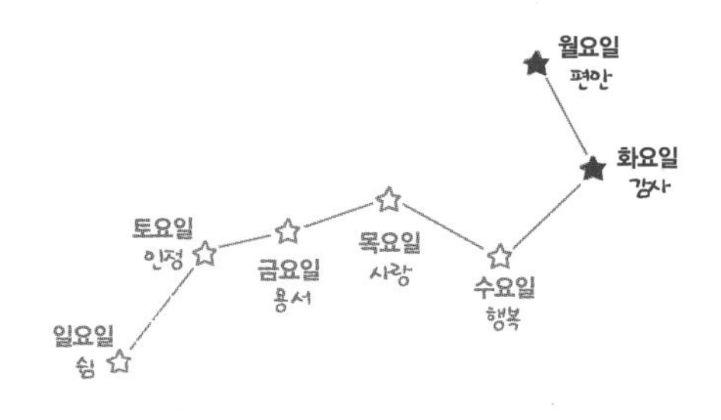

수요일, 행복한 마음

감사한 마음이 지속되면

그 마음은 행복한 마음으로 이어집니다.

그 행복감은 무엇이 나에게 주어져서도 아니고

누가 나에게 무엇을 갖다 주어서도 아닙니다.

나 스스로가 나에게 행복감을 심어주는 것입니다.

행복을 나 스스로가 창조하는 것입니다.

'나는 불행할 이유가 없다.' 는 사실을 인식해 보는 것입니다.

신나게 해 보기

- 내가 행복했던 순간들을 떠올려보기
- 내가 아주 좋아하는 것 먹어보기
- 들숨에 행복을 마시고, 날숨에 불행을 내보내기
- 스스로 불행하다고 여기는 것들을 종이에 써서 찢어버리기
- 아침에 일어나서 내가 원하는 행복이 모두 이루어졌을 때를 느껴보기
- 무엇을 하든 '아~행복하다. 너무 행복하다.' 라고 이야기해보기

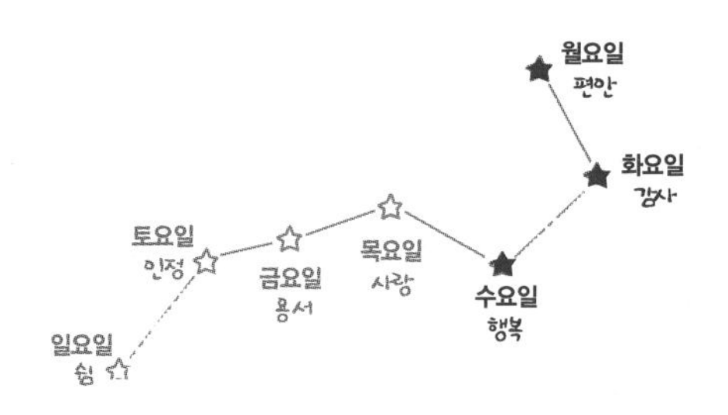

목요일, 사랑하는 마음

행복한 마음이 지속되면

그 마음은 사랑하는 마음으로 이어집니다.

내가 사랑스럽고 모든 것이 사랑스럽습니다.

나에게 너그러워지고 남에게도 관대해집니다.

내가 편안하고 감사하고 행복하기 때문입니다.

이러한 마음이 나를 사랑스럽게 하고

남을 사랑하게 합니다.

내 마음에서 넘쳐나는 것이

밖으로 자연스럽게 흐르게 되는 것입니다.

'내가 미움을 가질 이유가 없다.'는 사실을

인식해 보는 것입니다.

놀면서 해 보기

- 샤워하거나 세수할 때 내 몸 구석구석 사랑한다고 이야기하기

- 걷는 걸음마다 사랑이 내게 스며든다고 생각하기

- 사랑하는 사람과 이야기하듯 나와 이야기하기

- '나를 위해 나를 사랑하자.' 라고 써서 여기저기 붙여놓기

- '그럴 수도 있지, 다 괜찮아.' 라고 말해주기

- 아무런 이유, 조건 없이 무조건 나를 사랑해 보기

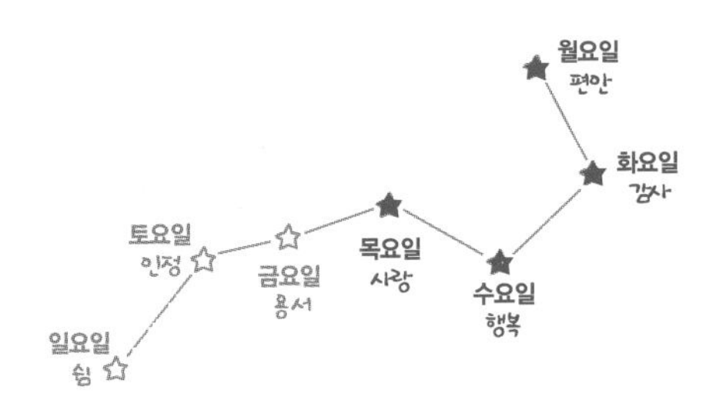

금요일, 용서하는 마음

수많은 경험들을 통해

세상의 모든 인류가 배워야 할 것은 지혜입니다.

어떠한 지혜일까요…….

바로 나를 보는 지혜입니다.

이 지혜를 토대로 나는 한 가지를 깨우쳐야 합니다.

그것은 무조건적인 용서입니다.

용서는 남을 위해 베푸는 미덕이 아닙니다.

용서하는 마음에 허용과 수용과 포용이 담겨있습니다.

용서는 나에게 주어진 모든 삶을 받아들이는 것입니다.

'나 자신을 위한 미덕' 인 것입니다.

용기내서 해 보기

- 나의 잘못을 인정하되 잘못한 나도 용서해주기
- 누군가의 실수를 비난했던 나를 용서해주기
- 타인에게 상처 주었던 나를 이해하고 용서해보기
- 오늘 하루 나에게 상처 주었던 사람들을 용서해보기
- 무슨 일이 있어도 나를 비난하지 않기
- 아무것도 용서하기 싫은 나를 용서해주기

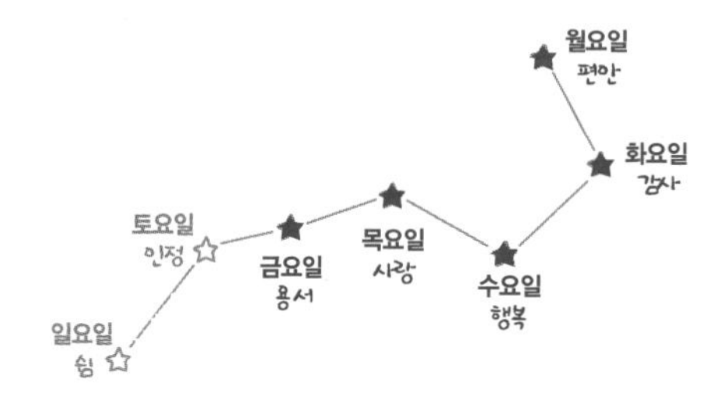

토요일, 인정하는 마음

세상에서 가장 아름다운 것은

나에 대한 이해이며

세상에서 가장 숭고하고, 고귀한 것도

나에 대한 이해이며

세상에서 사랑이 가장 충만한 것 또한

나에 대한 이해입니다.

내가 나에 대해 이해하게 될 때

나는 온전히 나를 인정할 수 있습니다.

천천히 해 보기

- 원하는 것을 솔직하게 이야기하는 것을 겁내지 않기
- 내가 남과 다르듯, 남도 나와 다름을 받아들이기
- 콤플렉스를 두려워하지 않고 따뜻이 안아주기
- 남들과 다른 나의 개성을 인정해주기
- 내가 할 수 없는 것들에 대해 솔직하게 이야기해보기
- 오늘 하루만 있는 그대로의 나를 인정해보기

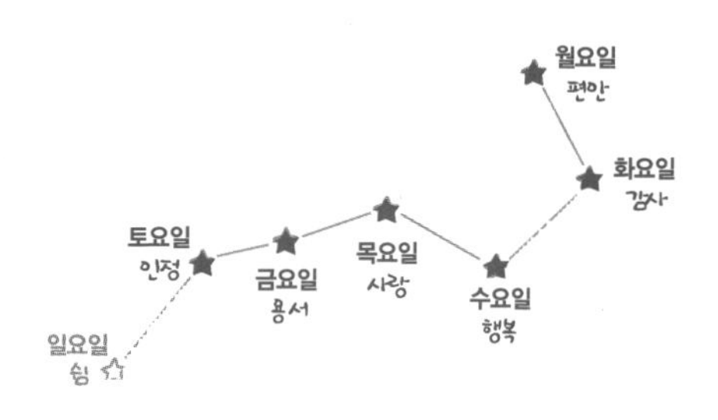

일요일, 쉼

무엇을 더 알고자 하나요…….

무엇을 더 바라고자 하나요…….

무엇을 더 성취하고자 하나요…….

무엇을 더 가지려 하지 말고

이미 가지고 있는 것에 대하여 소중함을 가져보세요.

무엇을 더 가지려 하지 말고

이미 가지고 있는 것에 대하여 위대함을 느껴보세요.

무엇을 더 가지려 하지 말고

이미 가지고 있는 것에 대하여 감사해보세요.

오늘 하루 나를 위해 잠시라도 쉬어보세요.

쉬면서 해 보기

- 아무런 제약 없이 나를 자유롭게 풀어주기
- 가고 싶었던 곳 혼자 훌쩍 떠나보기
- 몇 시간이라도 핸드폰을 꺼놓고 나에게만 집중해보기
- 혼자만의 시간 가져보기
- 오늘 하루만큼은 내가 하고 싶은 것만 해 보기
- 아무것도 하지 않고 마음껏 게으름 피워보기

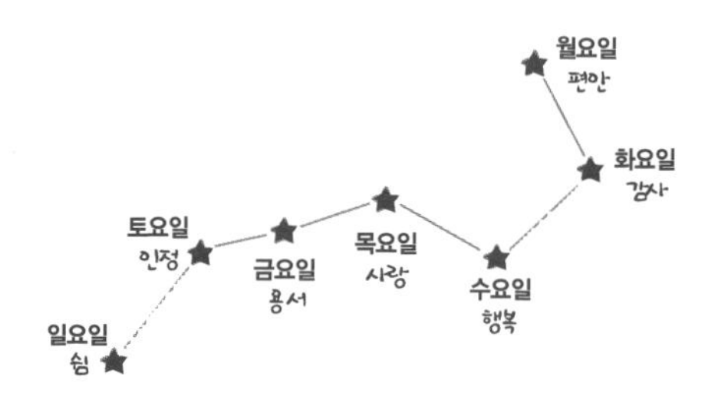

단 하나뿐인 '나'

사람들은 어릴 때부터
수많은 비교의 상황에 직면하게 됩니다.
자신의 외모, 형태, 성격, 성품,
태어난 배경, 처해있는 환경 등등
자기 자신부터 주변에 이르기까지
분별을 통한 비교일색입니다.

이렇게 비교하는 습관은 급기야 우리를 온통
분별과 차별이라는 비정상적인 개념의 노예로 만들어
어느덧 우리는 분별 아닌 생각은 할 수 없고
차별 아닌 인식은 불가능한 것으로 생각하게 되었습니다.

그러나 '나'는 이 세상에 단 하나뿐인 존재입니다.
이 세상에 단 하나뿐인 '나'

'나'는 그 무엇과도 비교할 수도 없고
비교의 대상도 아닙니다.
이 우주에 단 하나뿐인 '나'
그 귀한 '나'를 소중하게 여겨주세요.
모든 것은 당신의 마음먹기에 달려있습니다.